Brigitte Lécuyer

La décision

Nouvelles

La décision

Posée sur la falaise, la station d'Ault est un balcon sur la mer.

Voilà ce que disait le dépliant touristique que j'avais eu par hasard entre les mains, il y a une dizaine de jours. C'est exactement ce qu'il me fallait : de belles falaises assez vertigineuses pour en finir en beauté, face à la mer du Nord, la mer témoin de ma naissance, spectatrice impassible de mon adieu, la mer qui a été mon berceau, sera mon catafalque. Je ne me suis pas couchée, à quoi bon ! Bientôt je ne serai plus jamais fatiguée, j'aurai l'éternité toute entière pour me reposer. J'ai roulé de nuit, deux heures qui m'ont semblé courtes et si longues à la fois. Je voulais assister au lever du soleil et j'ai pris la vieille Twingo, dix ans d'âge et de services rendus, dix ans de souvenirs, quelques bosses et cabosses. Je m'en voulais de l'abandonner ainsi, tache verte sur la place du village, mais il y avait tant de choses que j'allais abandonner, tant de gens. Je ne voulais plus y songer, réfléchir, je devais me concentrer sur l'ultime raison de venir jusqu'ici : ma mort, mon décès, mon trépas, ma disparition, la fin de mes angoisses, la délivrance de mon remords infini, l'oubli éternel.

Il n'est que six heures du matin, pas âme qui vive dans ce patelin du bout du monde, il est vrai que c'est dimanche et que le dimanche ici, comme ailleurs, on dort, avant que sonne la messe. J'attends que le premier bar ouvre ses portes pour avaler le verre du condamné. Ma bouche est sèche, ma langue comme un vieux morceau de savon, je tremble et n'ai plus de salive. J'ai l'estomac noué, et pourtant bien que ça paraisse incongru, j'ai envie d'un chocolat chaud avec des tartines, un désir qui parait décalé face à mon projet. Je repense aux tranches croustillantes tartinées de beurre salé, aux goûters de mon enfance. Bien sûr, c'est absolument idiot comme idée, on ne se suicide pas le ventre plein. Mais mon cerveau n'a pas encore intégré ce nouveau concept, je crois qu'il refuse de suivre ce délire.

Il fait nuit noire, je m'en vais d'un pas chancelant voir si l'église est ouverte pour une ultime prière. Mais l'église est fermée aussi. De toute façon, il y a belle lurette que je ne crois plus en rien. L'édifice affiche un air sinistre, accolé à une tour carrée hideuse, d'un beffroi à glacer d'effroi, la tour est surmontée de gargouilles grassouillettes qui n'effraieraient même pas un bébé. Mes bébés, il ne faut pas que je pense à mes bébés, mes tout-petits. Mes yeux brûlent et mon cœur décélère et vibre comme un tam-tam fou. Ma gorge est nouée, arriverai-je seulement à avaler un verre d'eau. La mer que j'entr'aperçois là-bas a l'air haute. Le temps est doux, trop doux pour une fin d'octobre, pourtant j'ai terriblement froid. Il n'y a pas de vent, je me demande si c'est un temps pour disparaître et s'il existe un temps idéal pour mourir ?

Je m'arrête devant l'église. Ici plus qu'ailleurs, le monument aux morts ne passe pas inaperçu. Malgré la semi-pénombre, j'arrive à lire les noms les uns après les autres, j'épluche toute la liste au cas où j'y trouverais le mien, une vieille habitude. Certains patronymes y sont gravés plusieurs fois avec des prénoms différents : je pense aux femmes, aux sœurs de ces gens, à ces familles décimées en si peu de temps.

Quelle connerie la guerre, mais il n'y a pas hélas que la guerre pour anéantir une famille, la mienne aussi est vouée au malheur, et nulle guerre n'en est responsable.

Quand j'arrive vers la grève, une eau grise et sournoise attaque les parois blafardes, qu'éclaire à peine un quartier de lune. Dans un grondement sourd, les vagues chargées de pesants galets s'écrasent sur cette craie friable. Je ne distingue pas au loin, le phare de l'île de Wight, sensé se trouver en face, ni les lumières de Brighton. Je n'irai pas à Brighton, ni à Wight non plus d'ailleurs, je n'irai plus nulle part, peut-être en enfer.

Depuis des mois, j'erre sans but, comme une somnambule, je fuis mon reflet, je traîne mon infamie. Il me semble que la honte est à jamais inscrite sur mon visage, que le monde me regarde de travers, sait de quel crime odieux je suis coupable. Je n'ai pas trouvé d'autre solution à mes problèmes que cette décision, cette idée qui me tourmente, endiguer le flot de mes remords, stopper là mes souffrances, arrêter de me faire un cinéma avec des si, si j'avais su, si j'avais vu, si j'avais été plus attentive, plus à l'écoute, plus plus plus, je n'en peux plus !

J'ai l'air comme ça de faire bonne figure, mais au fond de moi, je suis anéantie, détruite, brisée telle une poupée de porcelaine et mes morceaux à moi ne peuvent se recoller. Écœurée par ma bêtise incommensurable. Je ne suis à présent qu'une carcasse vide, où s'engouffrent des tempêtes de contradiction où les regrets me submergent par vagues rapides, où je ne désire plus imaginer un avenir avec quiconque, où le peu de volonté qui me reste, s'épuise, se fige et me glace le sang.

Je retourne vers la place et je jette mon trousseau de clefs sur le siège avant. Qu'importe si on me vole la voiture, d'ailleurs je laisserai les portières ouvertes. Un

Gizmo jaune canari en peluche est accroché au rétroviseur, il se balance. Il a l'air de me fixer de ses gros yeux noirs. Ce regard sans vie me trouble plus que de raison.

Il fait toujours aussi sombre, le soleil hésite à se lever. Et s'il ne se levait pas ? Il faut que j'avale quelque chose, ou je vais tomber là et ne plus me relever. Il y a sans doute une bonne demi-heure de marche pour arriver en haut des falaises. De loin, elles me paraissent de plus en plus terrifiantes noyées dans la pénombre. Je suis une bonne marcheuse, et n'ai pas peur des petites grimpettes, mais celle-ci sera mon Golgotha, ma montée au calvaire avant le sacrifice. Je les ai choisies bien hautes, plus de soixante-dix mètres annonçait le dépliant et ça devrait suffire pour que je ne rate pas mon envol. Je n'ai pas l'intention de finir tétraplégique.

Il n'y a personne d'autre dans le troquet, que le patron et moi. Je commande un express et comme une vulgaire touriste, je l'interroge sur l'altitude des fameuses falaises. Je réalise l'incongruité de ma question, après tout, qu'importe la hauteur. Le patron ne sait pas très bien, et dit qu'il n'habite ici que depuis trois ans. Je ne parviens à avaler que la moitié du café qui me parait fadasse, j'ai déjà perdu la saveur des choses, le goût même de la vie.

Je m'échappe, tête vide, en direction des falaises. Si mes jambes avancent en automates, elles se désolidarisent de mon cerveau. L'aube se profile à l'horizon, des gouttes brouillent ma vue, je ne ressens pas la pluie sur mon visage, tout me parait flou, il est vrai que j'ai oublié mes lentilles, exprès !

Après une montée chaotique, j'arrive au sommet, j'ai envie de détaler en courant dans l'autre sens, mes jambes à présent ne me portent plus. Mon corps d'habitude tonique et robuste, s'ankylose, le vent qui est devenu violent, m'étouffe et je peine à reprendre mon souffle. C'est encore plus terrifiant que ce que je croyais. Je n'ose pas m'approcher du bord. Mes pieds trempés glissent dans l'herbe grasse. Des nuées de mouettes s'agitent au-dessus de moi, essayant de me persuader que je n'ai rien à faire ici, qu'il s'agit de leur domaine à elles, à elles uniquement. Elles me frôlent, agressives et tapageuses en m'agonissant de reproches.

Je contemple le soleil qui troue une cascade d'épais nuages. C'est un festival pour moi toute seule, un éblouissement de pourpre, d'oranger, d'écharpes violines qui s'effilochent en hachures et deviennent étincelantes. Mon cœur cogne de plus en plus fort, mon cœur va sauter en premier, mon cœur va s'arrêter avant que je ne fasse un pas de plus. Le vertige me saisit, à un mètre ou deux du gouffre, je crains un moment de perdre le contrôle et de m'évanouir tant l'angoisse m'étreint. À cet instant, je voudrais me désagréger dans l'espace, me liquéfier sur place. J'essaie de revoir le film de ma vie, je ne vois rien d'autre que mes larmes comme un torrent sans fin, qui m'aveuglent. Je n'ai que trente quatre ans, j'ai gagné une année par rapport à l'âge du Christ. Et si je restais là. Et si je restais là immobile pendant cent ans ? Peut-être alors qu'un pan entier de cette saleté de falaise, se détacherait et m'emporterait. Je finirais comme elle, concassée, pilée dans un fracas de poussière blanche, éclaboussant de gerbes d'écumes monstrueuses, la grève en contrebas. Je n'aurais plus à sauter, à faire ce pas fatidique.

Je ferme les yeux, je dois prendre une grande inspiration et me jeter dans le vide, ce vide immense qui me tétanise. Même dans les manèges, j'ai peur ! Alors pourquoi est-ce que j'ai choisi ce moyen-là et pas un autre, des barbituriques, par exemple, c'est tout moi ça, toujours ce ridicule romantisme à la noix ! Je suis arrivée là pour en finir, je dois aller jusqu'au bout, ne pas flancher, ne plus penser, ignorer le désastre de ma vie.

Soudain, alors que j'allais sans doute prendre mon élan ou que je vacillais dangereusement au bord de l'abîme, je suis plaquée au sol par un corps lourd qui s'abat sur moi et me maintient solidement sur le sol détrempé. Les mouettes n'en finissent pas de criailler dans mes oreilles. Je peux à peine respirer tant l'ombre m'enserre. L'homme, car il s'agit bien d'un homme, et non d'un quelconque poids mort, l'homme se met alors à ramper et m'attire vers l'arrière. Il ne relâche pas son étreinte, souffle des mots mouillés dans mon oreille :

– Mon petit, mon petit, mon enfant, répète-t-il, inlassablement. Il ne faut pas, il ne faut pas, la vie est peut-être moche, mais vous êtes si jeune, il ne faut pas !

Il pleure et je pleure avec lui, je pleure sans m'arrêter, des cascades de sanglots. Des spasmes incontrôlables me secouent, mon nez n'en finit plus de se répandre sur son veston trempé et nous gémissons ainsi de longues, d'interminables secondes. Je sens sa barbe dure, labourer mon cou, son haleine chaude et salée et des mots s'échappent de sa bouche, que je ne comprends pas. J'ai très envie de faire pipi, là, j'ai une envie fulgurante, j'ai peur de ne pouvoir me retenir et de laisser la nature s'exprimer sous moi. Ensemble, nous noyons nos chagrins, entremêlons nos larmes, nos misères, nos drames, nos vies qui ne tenaient qu'à un fil.

Lorsque enfin, il desserre ses bras vigoureux, j'aperçois son visage, le visage d'un homme qui pourrait être celui de mon père, un visage grave, sombre, creusé de sillons comme des canyons. Ses cheveux sont blancs, absolument blancs, ce sont des cheveux de neige, et il est le Père Noël. Et peut-être suis-je déjà au paradis !

Il ne dit plus rien. Il tient ma main fermement dans la sienne, et m'embarque vers ce village impossible qui a failli être mon dernier lien avec le monde des vivants. Et sans défaire sa poigne de fer, il pousse d'immenses soupirs. Il murmure de drôles de mots, comme s'il se parlait à lui-même. Le sang a déserté mes veines, je grelotte de froid, pétrie de honte et de remord, mais je continue de le suivre, d'ailleurs je n'ai pas le choix, il me traîne comme une marionnette. Je le suis contrainte et forcée, résignée et muette. Il m'enjoint de m'asseoir sur un muret bas assez loin des périlleuses falaises.

– Allez ! dit-il simplement, je ne vous lâcherai plus, videz votre sac ici, là tout de suite, je suis assez vieux pour tout entendre, tout, vous entendez ?

Je ne me suis pas alors posé la question de savoir pourquoi, il était là derrière moi et pourquoi il m'avait sauvé la vie. Peut-être qu'il avait eu la même idée, ce jour-là, cette heure-ci ! Se sauvait-il aussi en me sauvant, je ne le saurai jamais. Il sortira une fiole d'une poche de son anorak, l'a mettra d'office à mes lèvres, et j'avalerai le contenu d'un trait sans lui en laisser une seule goutte. Mon envie de faire pipi a disparu. C'est ainsi que les vêtements boueux, la gorge enflammée par l'alcool, les yeux bouffis d'avoir trop pleuré, le souffle court entremêlé de hoquets baveux, j'entamais ce récit, le récit lamentable de ma courte vie.

Tout avait plutôt bien commencé, le jour où je fis la connaissance de Guillaume dans les escaliers du métro. Je venais pourtant de m'étaler, comme une vraie crêpe bretonne, égarée que j'étais dans la jungle de mes pensées commerciales. J'essayais de rattraper in-extremis un rendez-vous professionnel qui avait lieu à l'autre bout de la ville, et j'étais plus qu'en retard.

Un beau garçon me releva avec courtoisie, me soutint, car j'allais m'évanouir tant le choc avait été rude. Il sortit un grand mouchoir bleu ciel pour essuyer mes genoux blessés. Ce jour-là, j'avais enfilé des collants hyper fins du plus bel effet qui galbaient superbement mes jambes de gazelle. Mes bas étaient détruits, mais je m'en fichais, j'en possédais assez en réserve, classés par taille et par coloris, le plus souvent des cadeaux de fournisseurs.

L'homme, élancé, et très élégant, trop élégant d'ailleurs pour un jour de semaine, m'offrit un verre au bar du coin. Ressentant une vive douleur, j'acceptai son bras et m'affalai, grimaçante sur une banquette de skaï. Malgré mon aspect calamiteux, je me dis que j'avais peut-être ferré un joli poisson. Je tombai bientôt sous le charme de cet éphèbe aux cheveux châtains clairs, au sourire timide, aux manières efféminées. J'ai pensé d'abord qu'il était gay, et que je n'avais aucune chance. Il commença par parler de lui, se dit hautboïste et je découvris ce mot jusqu'alors inconnu de mon vocabulaire de base. Et, dans ma tête en coton, je me répétais avec délectation, ce mot comme on suce un bonbon : hautboïste, hautboïste !

J'imaginai que je devais lui plaire un peu, car il se mit d'emblée à me parler de sa vie. Si vite, que c'en était troublant. J'en oubliais mes genoux pourtant largement entaillés. Il parla de tas de trucs, dont je n'entendis pas un traite mot, subjuguée par le mouvement dolent de ces lèvres purpurines. Il dit qu'il s'absentait souvent pour des concerts à travers l'Europe et qu'il était entre deux tournées. Je buvais ses paroles. Il possédait une voix grave et envoûtante, et je l'aurais écouté des heures. Mais lui comme moi, nous n'avions pas que ça à faire. Il me demanda si je pouvais partager un taxi avec lui, il devait se rendre à une répétition au métro Pantin, et vu qu'il avait de l'avance…

J'acceptais son offre ! N'allions-nous pas dans la même direction ?

Il me laissa chancelante et tourneboulée devant mon rendez-vous, il inscrivit son numéro de téléphone au feutre sur le mouchoir bleu que je tenais serré dans ma main, tel un précieux talisman et qui était couvert de sang. Je donnai mes coordonnées aussi. Je pensai juste après que j'étais bien naïve de confier ainsi, mon numéro à un illustre inconnu. Ce n'était pas, mais pas du tout dans mes habitudes.

Le lendemain, dès huit heures du matin, il appela pour vérifier si je m'en sortais bien avec mes genoux en compote. Je répondis que ce n'était pas joli joli à voir mais j'allais survivre, j'ai rajouté que mes collants avaient fini à la poubelle. Il était encore plus craquant au bigophone et nous décidâmes de nous retrouver le jour-même dans le même bistrot enfumé, où nous avions tant discuté, enfin surtout lui. Bien que ne cachant jamais mes jambes en temps ordinaire pour raisons profession-nelles, j'enfilais cependant un pantalon pour dissimuler le massacre. Il n'avait plus l'air gay du tout.

À partir de ce moment-là, je le vis régulièrement durant les trois semaines qui suivirent. Plutôt inculte en matière de musique, j'assistai béate à de nombreux concerts auxquels je fus invitée par le beau, le sublime Guillaume. En spectatrice attentive, je découvrais des talents insoupçonnés, bien éloignés de ma liste de loisirs variés. Ça me changeait des cours de menuiserie bien peu utiles et des randonnées pédestres sur des chemins d'Île de France, en compagnie de gaillardes célibataires et de quinquagénaires encore verts dont je n'étais pas spécialement friande. Il m'arrivait d'écouter du jazz et FIP, mais ma culture musicale était limitée.

Guillaume avait la classe, une classe folle. Je voyais bien le regard envieux des filles, quand je m'affichais à son bras. Je n'avais jamais été traitée avec autant de délica-tesse par mes ex et c'est tout naturellement que je me laissais bercer de mélodies suaves. Les compliments de Guillaume pleuvaient sur moi comme des pluies douces et sucrées. Son tact et sa gentillesse m'émouvaient, son élégance m'éblouissait, sa dextérité et son savoir-faire me laissaient pantoise d'admiration. Je me délitais au son de sa voix, quand il prononçait mon prénom, Barbara en roulant les R avec un accent rocailleux (des racines hongroises du côté de sa mère) expliqua-t-il, sans se répandre sur le sujet.

J'imaginais déjà la vie aux côtés de ce compagnon attentionné, me laissant peu à peu succomber.

Il y avait seulement un hic ! J'avais juré sur la Bible, le Coran et la Thora ne jamais m'embringuer dans une histoire sérieuse avec un homme marié…

Il l'était.

Je me serais giflée d'avoir été aussi naïve. Il certifia sur l'honneur, qu'il quitterait sur-le-champ cette insignifiante compagne, devenue si peu digne d'amidonner proprement sa « queue de pie » ou de cirer ses pompes de gala, si j'acceptais un jour proche de l'épouser. Dès lors il promit d'engager la procédure. Ce n'était qu'une formalité d'après lui, puisque sa jeune femme l'avait déjà virtuellement abandonné pour un golfeur de haut niveau et s'en était allée roucouler dans les Émirats.

Pas un homme encore, ne m'avait offert une si éclatante preuve d'amour. J'étais subjuguée, béate de reconnaissance, bref totalement conquise et amoureuse… Je sortis quand même tout mon attirail de séduction, mis mes dentelles les plus affriolantes, dardais mes flèches enchanteresses pour faire totalement craquer mon haut-boïste, de crainte qu'il ne changeât d'avis et ne me filât entre les pattes, avec une golfeuse, qui sait !

J'allais sur mes vingt huit ans, j'avais un job passionnant : acheteuse de lingerie féminine pour un des plus grands magasins parisiens. Je voyageais pour raisons professionnelles et gagnais suffisamment ma vie pour m'offrir tout mes caprices. Mes amis étaient fidèles et attentifs, ma famille, très familiale et d'une navrante banalité. Je devais avouer que j'avais eu une enfance formidable et heureuse au milieu de parents dévoués à leurs trois merveilles : Nous ! Louis mon frère aîné et presque jumeau, Aline, ma plus jeune sœur et moi « Barrbarrra »… Nous avions réussi honorablement nos études sans surmenage et exercions chacun et chacune des professions librement choisies. Dans l'ensemble nos parents étaient fiers de nous et nous dignes d'eux.

Mes parents évitaient de poser les questions qui fâchent sur ma vie privée. Je leur en savais gré. Seule ma mère m'avait demandé une fois, et une seule fois d'ailleurs, pourquoi je me lassais si vite de mes amoureux. Elle disait que je lisais trop de romances à l'eau de rose, ou que je devais mettre la barre trop haute. Je n'avais pas osé lui répondre que j'attendais le grand amour, celui qui dure une vie, celui qu'on ne rencontre forcément que par hasard et pourquoi pas dans les escaliers d'un métro…

Dès lors, je m'imaginais au bras de mon joli musicien dans cinquante ans, avancer toujours pimpante, mes cheveux blonds devenus d'un argenté soyeux, d'un pas, certes un peu hésitant, mais chacun retenant l'autre, à la vie, à la mort.

Guillaume paraissait l'homme idéal, gentil, intelligent, artiste un rien dans la lune, ce qui augmentait encore son charme, plus beau que dans mes rêves les plus fous. Je n'avais pas encore réussi à lui trouver un seul vrai défaut, après des semaines de fréquentation assidue. Bon, il était plus gourmand que gourmet, il était orgueilleux et avait une haute idée de ses capacités artistiques, mais après tout, c'était un musicien fantastique, franchement doué et un garçon charmant et attentif aux autres. Ses collègues admiraient son charisme et son élégance. Je me sentais fondre comme jamais dans ses bras. Je voyais bien quelquefois passer une ombre dans son regard d'azur, mais je mettais ça sur le compte de la passion pour son art, une préoccupation fondamentale et essentielle pour lui.

Il plut instantanément à mes parents, à Aline surtout, ma cadette qui m'exaspérait déjà en le dévorant des yeux, bien que mariée depuis deux ans à un garçon adorable. Mon frère fut conquis aussi pour d'autres raisons. Louis vivait dans un monde flou, jouait du saxo, mais en amateur, et le jazz était d'ailleurs son sujet de prédilection en dehors de ses nombreuses conquêtes : Des adonis blonds et bronzés aux U.V qui peuplaient ses nuits agitées. Il vit l'occasion d'acquérir à moindre prix des places pour ses concerts préférés et d'en faire profiter ses amis de passage. Sans réticence aucune, ma famille dans son intégralité, m'encouragea donc, me poussa, me jeta dans les bras de Guillaume.

Il demanda ma main à mes parents, béats.

Je dis oui.

Il divorça illico.

Oui je sais c'était un peu dans le désordre, mais tout baignait et je flottais perchée à des lieues sur mon joli nuage rose.

Nous nous mariâmes le 13 octobre, et c'était bon signe.

Il pleuvait des cordes…

J'abandonnai mon deux-pièces rue Daguerre avec un certain regret. J'adorais ce quartier grouillant de vie, riche en commerces et aussi convivial qu'un village de Normandie. Je m'installai en compagnie de Guillaume dans un pavillon de banlieue tristounet qu'il avait racheté une bouchée de pain à ses parents, partis vivre leur retraite au soleil du Maroc. Bondy, c'était encore accessible, bien que m'éloignant de mon travail.

Je ne rencontrais ses parents que le jour des noces. Sa mère m'apparut molle et soumise, peu démonstrative envers son fils et pas vraiment causante. Son père arrogant et distant, me réfrigéra. Guillaume était leur seul enfant et nous fûmes conviés à venir bronzer à Casablanca, quand bon, nous semblerait. J'étais tentée, je ne connaissais pas le Maroc, nous aurions pu ainsi y aller pour notre voyage de noces. Guillaume m'informa gentiment que ça pouvait attendre, qu'il ne s'entendait pas vraiment avec son père, et qu'il avait appris à se passer de sa mère depuis bien longtemps.

Je me contentai de ces explications abrégées. Il n'en dit pas plus et ne reparla plus de son enfance, ni des ses études, ni de ses parents. Nous avions la vie devant nous pour faire plus ample connaissance. Quant à moi, ma famille me suffisait amplement et elle adopta Guillaume comme un nouveau membre du clan.

Nous partîmes en voyage de noces à Cuba, revînmes plus dorés que des petits beurres nantais, plus amoureux que jamais et la tête farcie de rythmes endiablés de salsa et de mambo. Je lui enseignai des pas de danse. À mon actif, je dois dire que je bouge pas mal et que j'adore danser. Guillaume m'apprit à reconnaître les notes sur une portée, mais j'étais une élève distraite et peu concentrée, je préférais de loin l'écouter jouer. Je ne m'en lassais pas. Ma culture musicale s'enrichissait chaque jour des biographies que Guillaume adorait raconter sur tel ou tel compositeur, tout était passionnant. Ma vie était digne d'un roman.

Il ne se passait pas une semaine sans que je rende visite à mes parents et surtout à mon cher Louis. Avec Aline c'était plutôt ardu et conflictuel, ma sœur ayant toujours été plus ou moins jalouse de moi, sans raison particulière. Depuis mon mariage, elle semblait m'éviter, et je ne m'expliquais pas cette antipathie sournoise qu'elle avait pour Guillaume. À tous ceux qui voulaient l'entendre, elle disait : ce type là, trop poli pour être honnête ! Quelle chipie ! Je ne voulais pas me fâcher avec ma sœur, et j'abrégeais nos rencontres.

Nous avions du boulot par-dessus la tête avec le déménagement. Il y avait tant des travaux à accomplir dans ce pavillon pour le rendre habitable et le moderniser. Avec Guillaume, nous passions nos heures libres à décoller des papiers peints préhistoriques, à arracher des moquettes poussiéreuses dans des fous rires superbes, avec Mozart à fond les baffles et des arrêts tendresse au milieu des gravats et des sacs poubelle. Le travail n'avançait pas vite et Guillaume devait ménager ses doigts fabuleux. Je mettais en application mes cours de menuiserie qui s'avéraient profitables. Et puis, nous n'étions pas pressés !

J'adorais Guillaume. Dès qu'il s'absentait je devenais une chiffe molle, j'étais désorientée et anxieuse. Il me manquait. Je m'aspergeais de son eau de toilette pour avoir son odeur sur ma peau. Il me manquait à chaque seconde et plus encore les nuits. Je n'en dormais plus. Ses tournées pouvaient durer plusieurs semaines d'affilée. Comme je me proposais de l'accompagner à Salzbourg, n'ayant pas épuisé mon stock de R.T.T, il refusa net, prétextant des heures de répétitions harassantes et des conditions d'hébergement sommaires. Dépitée de ne pas suivre mon chéri dans un endroit aussi renommé, je n'insistais plus et ne posais plus de questions qui avaient l'air de le contrarier.

J'en profitais pour boucler des retards de commandes et effectuer quelques déplacements en province. Je prenais le T.G.V. avec plaisir et me félicitais de ma nouvelle situation de femme mariée, m'amusant à faire coulisser de façon ostensible le joli jonc d'or incrusté de diamants. Je me grisais de projets faramineux.

Nos relations intimes bien que très enflammées me laissaient quelquefois perplexe quant aux préférences sexuelles de Guillaume. Ses tendances à vouloir me soumettre auraient sans doute dû m'alerter. Mais j'acceptais ces rituels, ces jeux innocents, toujours complaisante et passionnée. Par ailleurs, il semblait peu entreprenant, parfois trop timide dans notre intimité et j'arrêtais de me faire du cinéma même si je n'étais pas particulièrement habituée à ces pratiques. Je lui dis un jour en plaisantant que si nous voulions des enfants, il nous faudrait faire l'amour de façon plus traditionnelle. Il esquissa une grimace qui se voulait sourire et tout rentra dans l'ordre, un certain temps. J'oubliais vite mes petites contrariétés intimes dans ses bras chaleureux. Facile à vivre et d'humeur égale, je le retrouvais au matin, radieux, sifflotant des airs d'opéras devant le café, alors j'appréciais vraiment la vie aux côtés de Guillaume, je vivais au jour le jour, et évitais de me projeter dans l'avenir qui me terrorisait toujours. Et si je devais le perdre ?

Guillaume était boulimique d'objets divers et déraisonnable financièrement. Je ne savais plus ou caser toutes les trouvailles hétéroclites qu'il ramenait à chacun de ses voyages pour décorer notre nouveau home. C'était un sujet délicat aussi, je ne voulais pas le froisser, après tout il faisait ce qu'il voulait de son argent. D'ailleurs nous avions gardé chacun nos comptes. C'était plus simple comme ça. Pour un compte joint on avait le temps.

Dans notre quartier qui s'éveillait au milieu des gazouillis des oiseaux, s'élevait le doux chant du hautbois, notes flûtées ou graves elles résonnaient solennelles dans les pièces aux trois-quart vides.

Je le laissais à regret à ses gammes et filais à toutes jambes vers mes boutiques de frivolités.

Quand des jumeaux s'annoncèrent, je ne savais comment me comporter, au fur et à mesure que ma grossesse avançait, je devenais grotesque et handicapée, mes jambes de gazelle ressemblaient à celles d'un éléphant, j'étais bouffie de partout, lourde comme un cheval mort, et j'hésitais entre panique et joie ultime. Mais surtout, je m'imaginais mal rester enfermée dans ce pavillon, dans cette banlieue sinistre, seule avec les deux bébés, durant des semaines. Et tout de go, Guillaume annonça qu'il allait arrêter les tournées en Province et à l'étranger dès la naissance des petits. Je n'en demandais pas tant. Il semblait convaincu que c'était la seule solution pour s'en sortir et contribuer à l'éducation de nos enfants, et ça avait l'air de le réjouir et de l'exciter au plus au point. J'étais partagée car il ne fallait pas oublier le côté finance de la chose. Des jumeaux coûtaient certainement deux fois plus qu'un seul enfant, et les frais de déplacement de Guillaume nous manqueraient d'autant. Comme sa décision était prise, il ne voulut plus qu'on en débatte à torts et à travers et il sollicita un poste de professeur de hautbois au Conservatoire de Paris, qu'il obtint aisément.

Je restai à profiter de mes deux petits amours Boris et Johannes pendant une année entière. Bien qu'éblouie par la maternité, les corvées m'ennuyaient à mourir. Je réalisais que je n'avais jamais eu la fibre ménagère et les jumeaux, pourtant faciles et accommodants, représentaient une somme de travail colossal. Je n'arrêtais pas de courir d'un biberon à l'autre, même organisée, je n'avais jamais une minute pour souffler. Il fallait sans cesse laver, relaver, lessiver, repasser, ranger, briquer la maison, faire un maximum de courses en un minimum de temps et je fus presque soulagée de reprendre mon travail, malgré tout l'amour que je portais à mes joyeux phénomènes. Une polonaise déjà âgée, mais fort compétente, vint s'occuper du ménage et des tonnes de repassage que les jumeaux engendraient à eux seuls.

Gaïa, c'était son nom, me débarrassa des tâches fastidieuses trois fois par semaine. Elle ne comprenait pas bien le français et s'arrangeait avec Guillaume qui parlait quantité de langues étrangères. La maison me parut nickel, le linge repassé et aligné dans les armoires neuves, les enfants heureux et leur papa comblé, je n'en demandais pas plus.

Guillaume disposait de beaucoup de temps libre entre ses cours et s'occupait merveilleusement des jumeaux. Rien ne le rebutait. Il pouvait se lever la nuit pour un biberon sans ciller, changer les couches, jouer au square à quatre pattes dans le bac à sable pendant des après-midi entières, sans montrer la moindre impatience. Il composait des chansonnettes rigolotes pour les enfants et mitonnait des purées de légumes frais pour nos bébés. C'était un père sensationnel, et infatigable, alors que je courais sans cesse, et me crevais à la tache, pour rien.

En voyant le phénomène, ma sœur devint verte de dépit, elle qui venait justement d'accoucher d'une petite Charlotte si fragile et qui ne pouvait compter sur son boulanger de mari accaparé par son pétrin. J'aurais voulu lui « prêter » Gaia, mais Aline avait déménagé à pétaouchnoc. Et comme Gaia ne conduisait pas... Je compris vite qu'elle n'avait d'ailleurs pas du tout envie de s'aventurer dans une banlieue à des kilomètres de Paris. Aline devrait se débrouiller pour trouver quelqu'un d'autre.

Quand j'avais un soupçon de temps libre, je dévorais des tas de livres sur la gémellité et découvrais un monde à part qui me fascina.

Mes bébés étaient les plus beaux du monde et les plus mignons forcément ! C'était des enfants faciles et très éveillés, qui ne pleuraient pratiquement jamais, dormaient comme des anges et avalaient ravis, tout ce que l'on préparait pour eux. Ils commencèrent à marcher vers dix-huit mois, peu impatients de découvrir leur environnement et tout à leur ravissement de contempler ce double qui inventait autant de bêtises. Je n'allais pas m'en plaindre. Mais, il ne fallait pas les perdre de vue une seconde, ils concevaient déjà dans leur petite tête blonde, toutes sortes de codes, poussaient des cris de reconnaissance et se répondaient dans un langage qui nous laissait aussi pantois qu'interrogatifs.

Tout devint plus compliqué après, quand ils grandirent. Je voulus réduire progressivement mes activités professionnelles jusqu'à ce que les jumeaux aillent à l'école et maman proposa de venir une journée entière pour s'occuper des enfants. Mais Guillaume déclina aimablement l'offre de maman. Elle s'en offusqua. Elle ne comprit pas et fut désolée pour moi et pour elle aussi de ne pas consacrer plus de temps à ses chérubins jolis. Elle se consola avec mes visites hebdomadaires. Boris et Johannes étaient ses premiers petits-enfants, et elle devait admettre que Louis ne lui en donnerait jamais.

Nous n'avions jamais abordé officiellement le sujet entre nous, pourtant je savais que c'était un crève-cœur pour elle. Mais parce que c'était Louis et que Louis était un type exceptionnel et le meilleur des fils, il était pardonné d'office. Maman, suffisamment intelligente, ne s'est jamais permise de juger, ni d'envoyer des piques qui auraient pu peiner Louis. Maman, toute de discrétion et de retenue, possède de nombreux talents et celui-ci en particulier, elle aborde nos vies de façon si détachée, que nous nous jetons nous-même dans la gueule du loup. En résumé, elle a l'art et la manière de nous faire dire ce que nous n'aurions jamais pensé dire à quiconque. Maman est comme ça, elle ne pose pas de questions, elle écoute, elle n'est qu'oreille et cœur, elle dit juste qu'une mère comprend bien avant les autres et qu'il lui suffit d'observer nos yeux pour savoir de quoi il retourne. N'empêche que pour Louis, elle n'a rien vu venir.

Un matin, Guillaume lança l'idée de cours supplémentaires à notre domicile, pour arrondir nos fins de mois devenues au fil du temps parfois limites et préoccupantes, et être ainsi plus présent qu'il n'était déjà.

Je trouvais l'idée superbe et épatante. C'est alors que de nombreux enfants franchirent notre portail repeint de rouge vif pour l'occasion. Ils vinrent se familiariser aux arcanes du solfège et s'initier aux secrets des arpèges. Guillaume recevait des élèves de tous âges, surtout des garçons ! Il s'avérait être un prof compétent et possédait un magnétisme avec les enfants qui me confondait. Il savait leur parler, les écouter, les faire répéter une leçon inlassablement avec détermination et une patience exemplaire. Bref c'était un pédagogue hors pair. En outre, les jumeaux ne restaient jamais seuls et je déculpabilisais de les confier si souvent à leur père et quelquefois à Gaïa dont le charabia exotique me désespérait toujours autant.

Nous avions aménagé un cabinet de musique en rez-de-chaussée et acheté un piano droit d'occasion. À trois ans, Boris et Johannes tapotaient sur le clavier et j'admirais leurs petits doigts potelés s'activer comme de vrais pros sur les touches nacrées. J'aurais bien été incapable de m'y mettre aussi, je me sentais horriblement nulle, mais Guillaume affirmait qu'il fallait être prêt à recevoir la musique, et que je n'étais pas prête, tout simplement, qu'il n'y avait pas de mal à ça ! Finalement je m'en fichais bien de savoir jouer ou non du piano, ce n'était pas mon truc, et voilà ! Mais j'étais terriblement fière de ma petite tribu et quand nous déambulions tous les quatre dans la foule du marché le samedi, j'avais l'impression que les gens se retournaient pour admirer le charmant spectacle que nous formions.

Une grise journée d'hiver, nous avions recueilli une chatte efflanquée et crasseuse venue implorer notre hospitalité. Peu habituée aux chats, je ne fis rien pour la retenir, mais les enfants trépignèrent tant et plus, que je fléchis et qu'on la garda. Dans un premier temps, nous lui aménageâmes un carton bourré de chiffons, au garage. Nous la gavâmes de pâtées copieuses et l'appe-lâmes Harmonie comme il se doit dans une maison bénie des Dieux.

Harmonie fut soignée, dorlotée, chouchoutée. Son poil mi-long, autrefois rasé, car infesté de teigne, devint superbe. Nous la firent vacciner et opérer de sorte qu'elle n'eut plus de chatons et elle s'installa chez nous. C'était une gracieuse chatte tricolore aux yeux d'or, d'une douceur exceptionnelle avec mes bébés qui abusaient carrément de sa docilité.

Au fil du temps, Harmonie se transforma en Monie. Monie avait cette particularité rare chez les chats de ne pas ronronner, ou son ronron était si discret qu'il fallait tendre l'oreille tout contre elle pour le percevoir. Elle était tendre et câline mais, quelquefois Monie se prenait pour un chien retriever. Elle rapportait chaussette ou jouet égaré qu'elle déposait à nos pieds comme une offrande sacrée. Nous nous amusions beaucoup de ses trouvailles aussi disparates que surprenantes. Je n'avais jamais eu d'animal de compagnie, mais il me semblait maintenant que je ne pourrais plus m'en passer. Monie profitait du confort de la chambre des garçons et partageait sa douce chaleur à tour de rôle, dans chacun des lits. Guillaume approuvait. Il trouvait bien qu'un animal devienne l'ami et le confident des enfants. Pourtant il avait du mal à supporter les poils, surtout quand Monie se cachait et s'endormait dans sa penderie laissée entrouverte. Gaïa elle, continuait à dodeliner sa grosse tête en rouspétant dans son jargon et elle passait ses nerfs sur l'aspirateur au détriment du repassage.

Je peux dire que mes fils sont allés à l'école à reculons. Mais alors Guillaume et moi fûmes momentanément soulagés dans nos emplois du temps respectifs. Nous accordions nos horaires de façon équitable et la vie s'écoulait, sans accroc particulier et toujours aussi trépidante.

Un jour, que j'étais à mon magasin de base, je reçus un étonnant coup de fil d'une des institutrices de mes fils. Cette personne désirait me rencontrer, moi seule, sans préciser de quoi il retournait, bien qu'elle affirmât qu'ils allaient le mieux du monde. Je lui posais plusieurs questions auxquelles elle ne répondit pas. Inquiète quand même, je me rendis à l'école et puisqu'il le fallait, sans en avertir Guillaume.

Une jeune femme très rousse, le visage parsemé de taches de son, vint chaleureuse, à ma rencontre. Elle me félicita pour l'intelligence et la sagesse de mes enfants, surtout de Boris. Ensuite, elle me tendit un dessin qu'il avait exécuté le matin même en classe. Il s'agissait de représenter sa famille. Je me reconnu avec ma queue de cheval blonde et admirai aussi Johannes, son double. Je palis en voyant Guillaume, le plus grand sur le dessin. Sa tête frôlait un soleil jaune canari et un sexe rouge vif démesuré sortait de son pantalon. Je fus estomaquée et Martine dut m'offrir un verre d'eau. J'avais presque envie de rire, mais ce n'était pas franchement drôle. Nous restâmes ainsi à nous regarder sans parler. Je pris la parole la première. Était-elle certaine que ce dessin soit de Boris, un enfant de cinq ans et demi. Elle m'expliqua que chaque enfant inscrivait son nom sur le dessin, il n'y avait aucun doute quant à son propriétaire. Elle avait remarqué que Boris avait parfois des gestes équivoques avec d'autres camarades, se cachait pour faire pipi et que ce n'était pas le premier dessin choquant qu'il exécutait et qu'elle l'avait laissé faire, sans poser de questions. Elle avait sciemment détruit les autres et se devait de m'en informer maintenant. Je restai pétrifiée et inspirant un bon coup, je l'interrogeais sur la conduite à tenir en pareil cas. Martine me proposa d'en parler librement avec mon mari et d'observer les agissements de mes enfants avec plus d'attention. Je ne savais plus quoi penser, ni que faire. Devais-je prendre au sérieux un dessin d'enfant, fut-il navrant et graveleux.

Comment aborder ce problème avec guillaume ! Il ne pouvait s'agir que d'une gaminerie, une farce. Boris aurait probablement vu son père sous la douche dans une situation équivoque.

Les yeux fixés sur le dessin, incrédule, j'essayai de réfléchir calmement et Martine me confia l'œuvre en me priant d'être vigilante. Elle parla de cas de maltraitance découverts incidemment au travers de représentations du même genre. C'était stupide ! Tout de suite les grands mots ! Maltraitance, qui maltraitait ces enfants, nous les adorions tellement ! Elle dit qu'elle en toucherait un mot à l'infirmière scolaire, s'il y avait lieu, mais qu'elle attendrait mon feu vert. Elle promit de garder le secret. Je la remerciai de s'occuper si bien de mes enfants, mais pensait qu'elle interprétait à tort, cet égarement de Boris. Elle m'informa, qu'en cas de récidive flagrante, elle serait obligée d'en aviser les autorités scolaires, et qu'on devrait peut-être convoquer les enfants pour une entrevue avec un psychologue ou pédopsychiatre. Je confiais mon numéro de portable à Martine et sortis de l'établissement, flageolante, sans croire que cela pouvait nous arriver. Je me cognai durement le coude dans un réverbère, mais ne ressentit aucune douleur sur le coup. Je repris ma voiture comme une somnambule. Le doute s'insinua en moi, un doute terrible, un doute invraisemblable.

Je devais parler à Guillaume et craignais d'aborder le sujet. Je savais Guillaume peu enclin à parler de ces choses-là et des choses de l'intimité en général, je le savais d'une pudeur extrême. Il le fallait pourtant. Plusieurs questions se bousculaient dans ma tête, incohérentes, et je ne savais par où commencer.

Je profitai du fait que les enfants goûtaient dans la cuisine pour, trop abruptement peut-être, lui montrer le dessin de Boris. Je guettai une réaction sur son visage, un déni. À peine vis-je un frémissement de ses mains si belles. Une petite veine bleutée que j'avais si souvent caressée, cognait nerveusement sur sa tempe. Il me dévisagea, sceptique, voulut sourire, mais son sourire se figea en un vilain rictus. Il haussa les épaules et pénétrant dans la cuisine, il secoua brutalement Boris qui, surpris la bouche pleine de chocolat, cria. L'enfant se mit à trembler et des larmes coulèrent silencieusement sur son petit visage chiffonné, me laissant désemparée devant ce chagrin soudain.

– Qu'est-ce que c'est que ces âneries, Boris, cria-t-il en exhibant le dessin.

Je regardai le visage de mon fils se décomposer. Jamais Guillaume ne l'avait bousculé avec tant de rudesse. J'en restai sidérée et le petit aussi. Je pris mon bébé contre moi, essuyai ses larmes et le priai doucement de nous expliquer.

Johannes avisa le dessin, il se mit à glousser d'un rire forcé et annonça que son frère ne savait pas, mais pas du tout dessiner, que ses dessins à lui étaient les plus beaux, de toute l'école.

L'atmosphère s'apaisa quelque peu et Guillaume dit que Boris avait voulu faire son intéressant. Il annonça qu'il ne voulait plus voir ces horreurs dans sa maison. Puis il déchira le dessin d'un geste énergique et rageur et le jeta à la poubelle.

Hésitante je croquai un spéculos, avalai de travers, failli m'étouffer, mais restai perplexe.

N'obtenant aucune réponse de Boris qui persistait à pleurnicher, nous le laissâmes à son goûter et bientôt à ses Lego. Je ramassai discrètement le dessin déchiré et froissé dans la corbeille et le fourrai dans ma poche de jean.

J'espérais poser quelques questions à Guillaume au calme. Il avait l'habitude de prendre son bain avec les enfants et je trouvais cela tout à fait normal, moi-même je le faisais aussi. Allais-je maintenant le soupçonner pour un vulgaire griffonnage qui ne prouvait rien. Je n'osais penser à pire et Guillaume me rassura. Il s'agissait d'une farce de môme d'après lui, une vantardise. Les enfants voyaient tellement de choses consternantes à la télé. Bien qu'extrêmement vigilants sur les horaires de télévision, nous ne pouvions être présents chaque heure du jour derrière eux. Un gosse plus déluré ou plus grand, aurait-il pu lui montrer des magazines pour adultes ? Je ne comprenais pas bien : ils n'avaient que cinq ans et demi tout de même ! Alors pourquoi diable, Boris, mon bébé d'amour avait-il eu une idée pareille ?

Peu à peu mon cerveau anesthésié, se remit à fonctionner au ralenti et une foule de détails anonymes me revint à l'esprit. Des petits riens qui passaient totalement inaperçus dans le chahut de la vie quotidienne. Boris s'était remis à faire pipi au lit ces dernières semaines. J'avais attribué cela au stress de l'école et feins de ne pas m'attarder sur le sujet pour ne pas culpabiliser davantage mon fils. Johannes ne manquait pas de ricaner à tout propos de son frère et je n'allais pas en rajouter une couche. En y réfléchissant, ce fait me troubla jusqu'à devenir persistant.

Boris paraissait souvent taciturne, préoccupé, peu communicatif ces derniers temps. Tandis que Johannes gambadait insouciant autour de lui, Boris semblait de temps à autre perdu dans des pensées trop profondes pour son âge. Un enfant de presque six ans, comment pouvait-il être si grave parfois, et si différent de son jumeau. Je le savais sensible, trop peut-être. Il déployait un talent incroyable pour la musique qui me laissait médusée ! Autant de talents dans un si petit bonhomme ! Il passait des heures à travailler son solfège avec son père, allant jusqu'à s'écrouler de fatigue dans son assiette pendant le dîner. Nous devions alors le porter jusqu'à son lit. Je devais freiner ses ardeurs musicales, mais ce ne serait certainement pas du goût de Guillaume qui avait décidé que Boris était déjà un virtuose et un enfant surdoué.

Le soir, après avoir tendrement bordé les enfants, je rassurais Boris de mon entière confiance à son égard et de mon amour inconditionnel. Je lui racontai une histoire qu'il n'eut pas l'air de comprendre, mais il ne me posa aucune question, semblant renfrogné dans son coin, alors que Johannes m'arrêtait à tout bout de chant. Exténuée, moralement et physiquement, je m'allongeai dans mon lit, la tête foisonnante de pensées insensées avec une certaine méfiance latente vis-à-vis de mon époux. Je n'aurais pas su dire pourquoi, tout d'un coup je doutais de lui, alors que nous étions si attentifs, si aimants envers nos enfants et si confiants l'un envers l'autre. Guillaume déjà couché voulut me prendre dans ses bras. Je le repoussai prétextant des douleurs dues à mes règles, mais il ne fut pas dupe et se retourna dans le lit en soupirant.

Je n'arrivais pas à trouver le sommeil. Mon esprit galopait et je pensais à un truc idiot : une de mes collaboratrices m'avait offert récemment, six minuscules caleçons pour les jumeaux. Deux jaune et vert amande décorés d'oursons, l'autre paire, d'un rouge constellé d'étoiles, et le dernier duo parme et bleu ciel parsemé d'empreintes de chat. Les enfants les adoraient et souhaitaient les mettre tous les jours, mais il n'y en avait que six. Dans le courant de l'après-midi, juste avant le fameux coup de téléphone, j'avais étendu une lessive. Et en recomptant mentalement je ne parvenais à en discerner que cinq sur l'étendage. Où donc se cachait ce dernier exemplaire ?

Je me relevai subitement pour vérifier mon hypothèse. Je passai voir mes bébés, éteignis la lumière du couloir nécessaire à l'endormissement et remontai la couette de Johannes qui gesticulait toujours comme une toupie, même dans son sommeil. Dans le halo doré dû à la pleine lune, je contemplai un instant mes anges endormis, avec plus qu'un soupçon d'inquiétude.

Guillaume ronflait déjà imperturbablement. Je descendis au sous-sol où nous avions aménagé la buanderie et Monie m'emboîta le pas. Je recomptai les caleçons et constatai qu'effectivement, il en manquait bien un : le parme avec les empreintes de chat. Je vérifiais qu'il n'était pas resté dans la machine à laver, ni dans le séche-linge. Ce truc insignifiant me tarabusta quasiment toute la nuit. Je supposai alors qu'un incident était arrivé à l'école et que la maîtresse avait changé l'enfant Le sous-vêtement était tout bonnement resté à l'école, il n'y avait pas de quoi s'affoler et se mettre martel en tête pour un caleçon. Mais enfin, je poserai la question le lendemain à l'institutrice.

Après avoir déposé mes asticots à l'école, je demandai à voir Martine. Je lui parlai du caleçon manquant à l'appel. Mais elle me certifia qu'il ne s'était rien passé de fâcheux les jours précédents, et qu'en principe à cet âge, les enfants ne mouillaient plus leur culotte. Elle expliqua que si ça devait arriver toutefois, on la rendait le soir même, dans un sac plastique.

Je rentrai à la maison tout en me demandant où diable ce caleçon avait atterri. Je fouillai la commode des garçons, mettant leur repaire à sac, renversant tous les tiroirs un à un. Je me mis à plat ventre, examinai sous les lits, vidai les paniers de jouets, éparpillant la collection de lapins en peluche. J'évacuai ensuite le contenu des étagères, toute la chambre y passa. Je restai assise par terre fixant d'un air égaré le tapis où une kyrielle d'éléphants endimanchés et de girafes déjantées dansait en rond. Alors, je me mis à sangloter comme une madeleine au milieu de tout ce capharnaüm, sans savoir sur quoi exactement je pleurais. Il me sembla que cette petite chose violette envolée prenait une importance capitale pour le reste de notre existence à tous.

Guillaume ne rentrait pas déjeuner et je ne travaillais pas avant le lendemain. Impossible de me concentrer : ce caleçon parme m'obsédait. Je décidais qu'il serait la clef d'un problème à résoudre de toute urgence. Je cherchais des indices partout d'une éventuelle responsabilité de mon mari dans cette affaire, mais une partie de moi refusait d'imaginer la perversité dans cet être adorable, affectueux, mon mari, mon compagnon devant Dieu, le père de mes enfants, mes amours.

Le doute pourtant s'était infiltré en moi, il avait envahi mon corps tout entier, pénétré mon âme profonde, circulait aux travers de mes plus infimes vaisseaux.

À partir de ce jour, ma confiance en lui déclina pourtant. Je guettais le moindre indice susceptible de me donner raison dans le regard cristallin de Guillaume, un regard innocent, clair et limpide. Où avais-je la tête à imaginer des choses folles et impossibles ! Évidemment, Boris passait beaucoup de temps avec son père qui lui enseignait la musique. Johannes, lui, ne semblait pas vraiment concerné. D'ailleurs il refusait de faire le moindre effort en solfège, préférant crayonner à longueur de journée de drôles de bestioles sur de petits carnets. Il se contentait de taper comme un sonneur sur le piano, ce qui agaçait prodigieusement son père. Guillaume le virait régulièrement de la salle de musique. Johannes venait alors se réfugier auprès de Monie et chuchotait des secrets dans sa jolie fourrure. La chatte semblait l'écouter, impassible et entamait son ronron moderato.

Guillaume affirmait que Johannes ne possédait pas l'oreille musicale, et que Brahms dont il portait l'illustre prénom devait se retourner dans sa tombe en l'entendant massacrer allègrement une de ses œuvres. Il ne fallait tout de même pas exagérer, Johannes avait bien le temps de faire des progrès. Je trouvais que Guillaume était quelquefois un père trop exigeant pour des enfants si jeunes. Et quand il s'agissait de musique, il perdait carrément la mesure.

Le jour suivant, Monie profita d'un moment d'inattention de ma part pour se faire enfermer dans la penderie de notre chambre. Alors que je me jetais sur un paquet de bonbons à la réglisse, ma folie du moment pour tromper mon angoisse, j'entendis la bête miauler comme une furie et gratter à la porte. Quand je la délivrai, complètement hystérique, elle fila entre mes jambes à toute allure et faillit même me faire tomber à la renverse. Je pestai contre la scélérate, me retenant aux balustres de l'escalier. Elle tenait dans la gueule un morceau d'étoffe parme et je courus derrière elle. Mais elle fila avec son butin jusqu'à la cave et se cacha derrière un tas de cartons poussiéreux aux côtés des divines bouteilles de Guillaume, quelques grands crus qu'il retournait consciencieusement avec des mines de chat gourmand.
Malgré maints efforts pour la persuader de sortir de son trou, la chatte refusa de montrer une seule de ses moustaches. Je l'appelai de ma voix la plus mielleuse, lui promis une pâtée de grands chefs, agitai la boite de croquettes façon maracas, en vain. La garce ne voulut jamais me faire entendre la moindre note de sa voix féline.
Furieuse, je remontai à l'étage arranger tout son bazar. J'étais persuadée qu'il s'agissait du caleçon, celui que je cherchais depuis la veille. Monie avait fichu un sacré souk dans mon placard et quelques pantalons de concerts de Guillaume gisaient par terre, parsemés de poils clairs. Je ramassai les vêtements éparpillés sur le sol, les brossai et refermai la porte, plus que songeuse.

Monie finirait bien par sortir de là un jour. Assez énervée tout de même, je décidai d'en avoir le cœur net et redescendis à la cave munie d'une lampe-torche. Il y régnait une atmosphère confinée et moite, entre odeurs de rats crevés, mélangés à de vagues relents de vinasse. Des toiles d'araignées monstrueuses pendaient du plafond. Je n'avais pas franchement peur des araignées, mais leurs toiles gluantes me répugnaient. J'appelai Monie, qui daigna cette fois-ci émerger de son refuge, plus poussiéreuse que jamais. Je la caressai tendrement, lui parlai avec affection, l'encourageai à me laisser un indice, mais aucune trace d'un morceau de tissu auprès d'elle. Elle avait dû abandonner son trésor, je devais maintenant le retrouver coûte que coûte.

J'entrepris un grand remue-ménage. Merde pour le repassage, les courses et tout le reste, et merde aussi à Gaïa, souffrant de rhumatismes subits qui nous avait lâchement abandonnés. Je ne sortirai de là que quand j'aurai retrouvé ce satané caleçon. Car j'étais certaine maintenant qu'il s'agissait bien de cela. Malgré ma phobie des toiles d'araignées, je déplaçai tous les cartons, m'esquintant les reins, je faillis même renverser une inestimable rangée de Château Margaux.

Je devais ressembler à une sorcière, les cheveux en bataille plus poussiéreuse que jamais. Enfin, dans le faible rayonnement de la lampe, j'aperçus un morceau d'étoffe. Je ramassai le minuscule vêtement, le secouais vigoureusement. Puis comme une relique sacrée, je tins la chose contre mon cœur qui battait la chamade. Je n'osai regarder, j'étais terrifiée à l'idée d'y trouver quelque chose d'anormal. Pourquoi un sous-vêtement d'un de mes enfants avait-il atterri dans notre chambre ? Évidemment c'était une particularité de Monie que de trimbaler toutes sortes de choses, mais pourquoi l'avait-elle apporté ici ?

Je remontai émue et chancelante à l'étage. J'examinai

enfin le caleçon qui me parut largement tâché. Je n'aurai su dire s'il s'agissait de salissures provenant d'un petit derrière mal essuyé ou de traces de sang ou d'autre chose. Mes yeux se voilèrent et de chaudes larmes se mirent à couler sur mes joues crasseuses, laissant des sillons noirâtres sur mon visage. J'enfermai le vêtement dans un sac plastique sans savoir encore ce que j'allais en faire, le fourrai dans mon sac à main et entreprit une grande toilette pour sortir.

Je téléphonai à mon frère Louis qui comprit aussitôt au son de ma voix que quelque chose clochait. Il promit de me rendre visite dans la soirée, il était débordé de travail. Je patientai un peu, passant plusieurs coups de fils urgents pour mon travail. Puis ne tenant plus en place je décidai d'accélérer le cours des choses et de l'attendre devant son bureau. Il quitta plus tôt que prévu pour me rejoindre, me voyant faire les cent pas, comme une âme en peine au pied de l'immeuble.

Dès que je le vis, je tombai dans ses bras ! Il caressa mes cheveux doucement comme quand nous étions petits, en silence, me maintenant contre sa poitrine où je déversai des cascades de larmes amères, inondant son nouveau polo Lacoste bleu ciel. Quand enfin, mes pleurs cessèrent, il m'entraîna dans un café de sa connaissance où nous serions au calme. Je le suivis, muette hoquetant encore, je ne savais plus par où commencer. Louis pouvait tout entendre, nous étions de vrais clones. Je connaissais sa grande pudeur, même s'il affichait gaiement son homosexualité devant nos amis et nos parents, comme une sorte de défi aux bonnes mœurs. Nous nous comprenions parfaitement tous les deux, un seul regard suffisait pour que nous soyons sur la même longueur d'onde depuis tout petits. Nos esprits s'accordaient d'emblée, nous n'avions que dix mois d'écart et nous ressemblions comme des jumeaux.

Il ne m'interrompit pas une seule fois et après avoir

essuyé une énième larme au coin de ses yeux, il me conseilla d'éloigner les enfants, de les emmener quelque part pour des vacances improvisées. Je lui avais raconté la découverte du caleçon et le lui remis pour expertise. Louis était employé par un groupe pharmaceutique célèbre, quelques-uns de ses meilleurs amis travaillaient dans des laboratoires de la police scientifique. En toute discrétion, il serait possible d'avoir un avis. Il prit le paquet d'un air affligé et m'embrassa sur les lèvres, très tendrement comme un ancien amant.

– S'il a fait du mal au petit, je lui ferais la peau à ce pourri, dit-il. S'en prendre à des innocents, c'est dégueulasse ! Vous aviez des relations normales, non ? Tu ne lui as jamais rien refusé que je sache.

Je l'avais un jour informé des préférences sexuelles de Guillaume lors de confidences intimes autour d'une bonne bouteille. Louis avait plaisanté. Il avait même demandé si mon mari n'était pas un peu homo. Ses manières délicates, son accoutrement exagérément soigné parfois… donnaient de lui une apparence ambiguë. Je le rassurai, mais après tout je ne disposais pas d'informations précises sur le sujet. Louis en savait certainement bien plus que moi.

Je fis remarquer à mon frère que nous parlions probablement dans le vide et qu'aucune preuve tangible n'apparaissait contre Guillaume pour l'instant. Je ne voulais pas que mon mari soit jugé coupable de quoique ce soit. Je l'aimais tout simplement. Un dessin ne prouvait rien. Je refusai en bloc ces sinistres idées, même s'il y avait cet affreux caleçon !

Si je pouvais, un instant seulement fermer les yeux, revenir en arrière et arrêter le temps !

Louis s'inquiéta des élèves de Guillaume. J'avouais que Je n'avais pas prêté attention à ces élèves durant ces derniers jours, égarée dans mes présomptions et le désir ardent de protéger mes enfants en premier lieu.

En y repensant, je constatai que le petit David, un blondinet bouclé comme un pâtre grec ne venait plus depuis des semaines, ainsi que Jérémie, un gosse à l'air tourmenté dont Guillaume disait le plus grand bien et que sa mère déposait au seuil de notre maison, sans jamais y pénétrer.

Je décidai de faire une enquête serrée à l'insu de mon mari. Guillaume avait dû conserver les adresses de ses élèves quelque part. Je fouillerai adroitement son bureau. J'adorais fouiner au milieu des partitions auxquelles je ne comprenais rien malgré mes brèves leçons, mais qui m'apparaissaient magiques et surréalistes.

Je m'arrangerai pour rencontrer David et Jérémie avec leurs parents sous un prétexte fallacieux. Je souhaitais connaître la raison pour laquelle, ils avaient abandonné les leçons avec Guillaume. Puisque tout se passait si bien d'après lui, pourquoi ne les voyait-on plus aux cours de solfège ?

Je pressentais une pitoyable histoire et savais d'instinct que je m'avançais sur un terrain truffé de mines. Malgré mon désir de savoir la vérité, il me fallait protéger mes anges, mes amours au prix de mon confort, de ma vie si nécessaire. La crainte d'un avenir incertain me taraudait.

Pourquoi nous ?

Nous vivions si heureux, si tranquilles.

Quand Louis me téléphona, je savais déjà ce qu'il avait à me dire au ton qu'il employa. Il s'avérait nécessaire de faire examiner les jumeaux par un médecin. J'avais retrouvé d'autres dessins très explicites de Boris, dissimulés sous son matelas et dans certains cahiers de solfège. Je les emportais avec moi, ils me serviraient de preuves supplémentaires, s'il en était besoin.

Notre médecin de famille habitait rue Raspail. Je ne venais pas souvent ces dernières années. Mon déménagement à Bondy ne me permettait pas de la rencontrer mais j'avais confiance en son diagnostic et la savais dévouée à ma famille depuis plus de vingt ans. Je n'étais pas précisément une patiente intéressante, généralement en super forme et sans problèmes particuliers. Les petits rendaient visite à un vieux pédiatre à Bondy depuis leur naissance, mais je préférais, je ne sais pourquoi, aller consulter une femme et plus précisément quelqu'un que je connaissais depuis toujours.

Elle m'accepta en rendez-vous le lendemain même malgré son agenda bourré à craquer. Ma mère ne jurait que par elle et je ne souhaitais pas que maman fût au courant de ma visite avec les enfants. Il s'agissait de ne pas l'inquiéter inutilement. Le docteur Lombard invoqua le secret professionnel le plus total et je fus rassurée.

Je sortis du cabinet, livide, avec mes deux petits garçons agrippés à mon jean. Boris, héroïque étreignait un vieux lapin pelé contre son cœur et Johannes posa cent une questions, comme à son habitude. Madame Lombard leur avait expliqué tout ce qu'ils devaient connaître au sujet de leur corps, qui n'appartenait qu'à eux seuls. Personne n'avait le droit de toucher ou de caresser leurs parties intimes, pas même leurs parents, et même par jeu. Elle insista sur le « personne ». Elle fut extrêmement délicate et douce et confirma ce que je craignais tant. Boris semblait présenter certaines lésions à l'anus qui demandaient un examen plus complexe. Elle me recommanda une consœur pédiatre, spécialisée dans ce genre de cas et téléphona elle-même pour expliquer notre situation et prendre un rendez-vous illico. Elle me parla comme une mère, et à l'écart, me questionna sans voyeurisme sur mes relations avec mon mari. Puis elle demanda si les enfants approchaient d'autres hommes en dehors de notre famille. À part mon frère et mon père, je ne voyais personne d'autre dans notre entourage proche. Elle examina les dessins, resta hésitante et ne fis pas de commentaires particuliers, mais un pli barra son front, elle évita de croiser mon regard.

Devrais-je contacter la police maintenant. Elle me conseilla de porter plainte. Une enquête serait inévitable. Je ne pouvais plus laisser mes enfants au contact de leur père. J'étais effondrée. Il me semblait que le sol allait se dérober sous chacun de mes pas. Cet homme que j'aimais du fond du cœur malgré tout, cet être que j'avais chéri plus que tout au monde, avec qui j'avais conçu deux enfants fantastiques, cet homme ne représentait plus qu'un traître, un pervers odieux. Il avait souillé de boue immonde notre monde serein, abîmé des anges innocents, ruiné notre vie à tous. Je ne pouvais lui pardonner du mal profond, des meurtrissures qu'il avait imposées à Boris. Car seul, Boris présentait des lésions évidentes. Je ne pensais pas qu'il s'était passé quelque chose avec Johannes, Johannes parlait tout le temps, à tort et à travers. C'était un incorrigible bavard, il n'aurait pas su se taire, même si son père lui avait réclamé le secret absolu.

Boris se murait dans un mutisme effrayant. Il ne reparla plus jusqu'au lendemain.

J'emmenais les enfants chez mes parents qui résidaient dans une belle demeure Porte d'Italie avec un jardin débordant de plantes grasses, des succulentes : une des passions de mon père. C'était un miracle ce jardin au cœur du 13ème. Les enfants y étaient en sécurité avec leurs grands-parents qu'ils adoraient. Maman employait son temps libre dans diverses associations caritatives et entre ses cours de patchwork aux A.V.F et sa gymnastique chinoise, elle serait ravie de materner un peu les jumeaux. Papa avait installé son atelier d'une grande luminosité, dans un ancien garage attenant à la maison. Il travaillait un peu moins ces derniers temps, l'arthrose déformait petit à petit ses doigts prodigieux. Ses toiles se vendaient bien encore dans quelques galeries parisiennes et à l'étranger. Nous étions vraiment fiers de sa reconversion. Il avait abandonné son métier d'avocat pour se consacrer à une autre de ses passions : la peinture. Et depuis une dizaine d'années, le succès n'avait pas tardé.

J'expliquai aux enfants que je devais les abandonner juste un court moment mais que Papy et Mamie ne les quitteraient pas d'une semelle. Johannes fut enchanté de rester à Paris, il aimait dessiner avec mon père qui lui laissait manipuler ses pastels. Boris se cachait derrière moi et son chagrin muet me bouleversait. Je tentai de lui expliquer que nous devions dorénavant le protéger, mais il avait beaucoup de mal à comprendre cette séparation obligatoire d'avec son papa. Maman ne posa aucune question dérangeante et je la remerciai de sa grande discrétion.

Je retournai à Bondy. Il me fallait affronter Guillaume l'abject, Guillaume l'ignoble, individu vicieux, menteur et hypocrite. Je lui révélai le plus calmement possible qu'il ne reverrait pas les enfants avant longtemps et lui dis que je savais tout. Il nia en bloc. Je voulais des explications, des excuses, des éclaircissements. Il se mit à se lamenter pitoyablement me suppliant de ne pas le séparer de ses enfants, la chair de sa chair. Je hurlai de rire à ces mots, quel affabulateur pervers, quel comédien abject. Il jura qu'il ne leur avait jamais fait aucun mal, jamais, c'était une pure invention de ma part, un mensonge vil et diabolique, il ne comprenait rien à toute cette funeste histoire.

Il me demanda de regarder du côté de mon toqué de frère, que lui aurait sans doute des explications salaces à me fournir. J'étais furieuse, indignée qu'il osât s'attaquer à Louis. C'était tellement pratique de charger mon frère. Je savais Louis, noceur, un rien dévergondé, mais Louis chérissait tendrement les jumeaux. Les enfants, c'était simplement prohibé, interdit, exclu dans son milieu. Il disait que les gays méprisaient les pédophiles, et que c'était facile d'amalgamer dans l'esprit des gens, les uns avec les autres. J'étais confiante, sûre de mon frère, nous avions grandi ensemble, je connaissais tous ces travers et ceux-là ne me choquaient absolument pas.

J'avertis alors mon époux d'une plainte déposée contre lui à la police et le questionnai au sujet de ses élèves. Il ne répondit pas, se contenta de se moucher bruyamment, puis claqua la porte de son bureau avec fracas avant de s'y enfermer à double tour. Jamais il ne m'avait claqué une porte au nez, ni exprimé tant de violence. Je tentai de rester stoïque devant cet inconnu, ce renégat de père et supposais qu'il ferait disparaître les adresses de ses élèves. Heureusement, je les avais toutes recopiées sur mon agenda quelques jours plus tôt.

Je ramassai quelques affaires pour les enfants et moi-même et décampai comme une voleuse de l'endroit qui avait été notre maison, notre home d'amour, qui avait vu grandir mes bébés où j'avais été épanouie et heureuse. Je ne pouvais plus regarder Guillaume en face sans trembler de rage. Jamais je ne pourrai lui pardonner, jamais !

Je fus reçue par une femme commissaire à qui je racontai les évènements essentiels de cette navrante histoire. Les traces de sperme sur le caleçon de mon fils étaient bien celles de Guillaume, j'avais pris soin de recueillir sa précieuse semence après l'amour pour une expertise, il n'y avait plus de doutes à ce sujet. Elle m'expliqua le processus depuis la plainte indispensable jusqu'au témoignage des enfants en entretien privé qui nécessiterait la présence d'un psychologue et d'un juge des mineurs. La machine était enclenchée !

Je pensais bien qu'il serait impossible à Boris de dire du mal de son père et j'avais raison. Il refusa dès lors de s'alimenter, voulut même s'enfuir tout seul en grimpant dans un bus pour rejoindre son père. Il continua d'inonder son lit. J'eus honte de le soupçonner de le faire exprès, mais je savais les souffrances horribles qu'il endurait, c'était trop dur pour un si petit bout de chou de cinq ans et demi. Il se recroquevillait comme un escargot dans sa coquille. Johannes, accablé aussi, lui pleurait après son chat. Il lui manquait la belle complicité qui les unissait et il se plaignait sans arrêt de tout, y compris de la nourriture.

Maman ne savait plus comment faire pour les distraire, papa délaissait ses pinceaux pour les emmener jouer au Jardin du Luxembourg. Il ne pouvait rien leur refuser : promenade en poneys, représentation de Guignol, même Mac Do était accepté. J'admirais mes parents, sans eux j'aurais coulé, je me serais laissée aller à la dépression, je devais faire face pour mes enfants et tenter de faire oublier à Boris les sévices qu'il avait dû endurer. Ma dépression devait attendre !

Je ne comprenais plus Boris, Boris mon petit prodige, mon bébé, ma vie. Son comportement me désarçonnait. Un sentiment d'injustice terrible me poursuivait puisqu'il me rendait responsable de tous ses malheurs. Je l'aimais seulement comme une mère, sans demi-mesure. Il refusait mon amour, mes câlins, se murait dans un silence forcené. Il ne voulait même plus que je l'embrasse, ni que je le prenne dans mes bras. Boris me repoussait, moi qui ne cherchais qu'à le protéger et le soutenir dans cette épreuve. Même avec des commentaires du médecin, Boris refusa toute vérité en bloc. Il raconta des abominations à son frère, disant que son père n'aimait que lui, Boris, qu'il n'avait jamais pu supporter Johannes qui n'était pas son vrai fils. Il avoua qu'ils s'enfuiraient un jour tous les deux, le père et le fils et qu'on ne les retrouverait jamais. C'était horrible !

Nous étions tous mortifiés. Malgré notre affection et le désir de lui faire oublier l'atrocité dont il avait été le jouet, nous ne savions pas comment protéger Boris de lui-même, et de sa colère dirigée contre nous. J'étais prête à tout encaisser pour sauver mon fils. Sur les conseils de la commissaire, j'emmenais Boris voir un pédopsychiatre. Boris s'enferma dans une aphasie totale, boudant et me jetant des regards si noirs. Il ne daigna pas desserrer les dents durant la séance entière, mais il nous gratifia de quelques dessins barbares barbouillés de couleurs sombres. Un long travail s'avérait nécessaire, avec beaucoup de patience et d'amour, peut-être, un jour…

Quand il fut établi que mon fils Boris avait été abusé par son père, les parents des élèves de Guillaume portèrent plainte aussi pour attouchements et tentatives de viol sur mineurs. L'étau se refermait sur Guillaume qui ne cessait de nier l'évidence, de crier son innocence, malgré les témoignages accablants des autres enfants et les preuves médicales irréfutables. La nouvelle parvint au Conservatoire de musique qui le radia.

Guillaume fut placé en garde à vue pour y être entendu. Il se mit à raconter des faits ahurissants, disant que son père l'avait soi-disant violé de l'âge de six ans et ce jusqu'à son adolescence, et que c'était lui la victime. Mais il refusait de reconnaître qu'il avait violenté Boris et les autres enfants, malgré les dépositions et les témoignages incontestables.

Je n'avais d'autre recours que de réclamer le divorce. Irrémédiablement notre vie avait basculé dans l'horreur et la déchéance.

Guillaume fut cependant libéré avant le procès. Il rentra à Bondy où j'avais commencé à déménager mes propres affaires et celles des enfants.

Il errait sans but dans la maison vide, se lavant à peine,

ne se rasant plus depuis des semaines, il faisait vraiment peur à voir. Je supposais que son état psychique avait été sérieusement ébranlé par la prison. Mais je souffrais trop moi aussi pour avoir la moindre compassion. Il parlait tout seul, dans une langue barbare, s'asseyait au piano en regardant le clavier d'un air absent, sans toucher les notes. Il se mettait alors à verser des torrents de larmes qui m'écœuraient, puis d'un seul coup se mettait à hurler en se cognant la tête contre le piano. Devant moi, il se frappa exprès les doigts avec un marteau sans pousser un cri, me fixant de ses yeux vides, ces mêmes yeux azur qui jadis m'avaient fait fondre d'amour et de tendresse. C'était du sabordage, une sorte de suicide, mais la pitié ne faisait plus partie de mon registre de sentiments à son égard, je ne le plaignis donc pas, je ne pouvais plus. Mes poils se hérissaient quand il me frôlait par inadvertance, j'avais la nausée rien qu'à le regarder. Je congédiais définitivement Gaïa qui ne comprenait rien à ce qui arrivait d'un seul coup dans cette maison apparemment idéale, bien que trop grande pour ses soixante ans et ses rhumatismes.

Je n'emportais que des vêtements, les jouets des enfants, des disques, quelques livres, objets et papiers personnels. Guillaume et moi, nous nous croisions en silence dans les couloirs de la maison devenue sinistre. L'herbe du jardin mesurait plus de cinquante centimètres par endroits et les rosiers pendaient lamentablement croulant sous les roses fanées. Plus personne n'arrosait les plantes vertes ni les potées de fleurs autrefois merveilleuses de la véranda. Une puanteur écœurante s'élevait de la cuisine d'où les sacs poubelle s'accumulaient et que personne ne vidait. Je souhaitais embarquer la pauvre Monie qui gémissait de solitude et de faim. La petite bête manquait épouvantablement à Johannes, mais ma mère ne supportait pas les chats qui lui donnaient de redoutables crises d'asthme.

Ma sœur Aline fit un effort et proposa alors de prendre l'animal chez elle un certain temps. Mais elle prévint que ça serait forcément provisoire, elle ne désirait pas garder un animal apparemment si sauvage. C'est vrai que Monie avait ses habitudes, elle aimait vadrouiller des jours entiers dehors. La chatte fut d'une humeur massacrante et trépigna de colère dans sa cage en plastique durant tout le voyage jusqu'à Vauréal où Aline habitait depuis peu.

Quand je rentrai à Bondy, je proposai un souper à Guillaume. J'espérais qu'ainsi il s'épancherait et me raconterait des bribes de son enfance et de son adolescence secrète. Vainement j'essayai de comprendre l'impensable. Je l'interrogeai, à propos de son père, fit mine de téléphoner à sa mère, mais il me laissa me dépêtrer avec mes questions stériles sans daigner répondre à aucune. De toutes façons, Je n'avais aucune envie de parler à ses parents, des êtres indignes d'après moi et sans doute responsables du marasme dans lequel nous baignions maintenant. Je me promis de savoir néanmoins le mot de la fin.

Je cuisinai un plat de langue de bœuf que Guillaume affectionnait particulièrement, rapportai de la cave une bouteille de Château Pétrus et écrasai trois comprimés de somnifère dans ma sauce ravigote. Je dressai la table, allumai des bougies comme pour un dîner d'amoureux et le regardai froidement siroter sa fabuleuse bouteille. Je me fis cuire seulement un œuf à la coque que j'accompagnai quand même d'un verre de ce nectar pour me donner du courage, sans toutefois l'apprécier à sa juste valeur.

J'attendis qu'il s'écroule, le tirai jusqu'au lit, le déshabillai à moitié et il se mit à ronfler ivre et terrassé par les petits cachets blancs. Dès lors, je pensais lui lier les mains et les pieds au lit et le laisser là pourrir tout seul pendant des jours pour expier sa faute... en fait je ne savais pas vraiment ce que je pouvais bien lui faire, j'attrapai sa ceinture de peignoir et l'attachai au lit ! C'est alors qu'il se réveilla en furie hagard avec des yeux révulsés, la ceinture de détacha et il se jeta sur moi, mais il retomba. J'attrapai un vase de cristal de Bohème qu'il affectionnait particulièrement lui jetais à la tête. Le vase se rompit en mille éclats et le blessèrent profondément, je le regardai saigner, puis je claquai la porte !

J'appelai mon frère au secours et lui tint des propos irrationnels. Je grimpai dans ma voiture, laissant Guillaume évanoui.

Je me dirigeai rapidement vers le premier poste de police et réclamai à grands bruits qu'on m'enfermât pour violences conjugales. Les policiers refusèrent de me croire. À ma mine ravagée, ils pensaient avoir affaire à une ivrogne, malgré le sang qui tâchaient mes mains et le vomi sur mes vêtements. Je fis un tel barouf dans le commissariat qu'ils durent, horrifiés, se rendre à l'évidence : j'avais peut-être tenté de tuer mon époux. Ils finirent quand même par envoyer des secours après de longues secondes d'explications vaseuses.

Guillaume blessé fut conduit à l'hôpital. On me refusa l'entrée de sa chambre et un policier m'expliqua qu'on allait sans doute devoir me mettre en garde à vue, en attendant que tout le monde reprenne ses esprits. Plus tard au téléphone, les infirmières déclarèrent qu'il avait demandé à me parler, et qu'il désirait s'expliquer, mais que soudainement, il s'était effondré en tenant un discours incohérent. Quand on commença à lui enlever les éclats de verre, il sombra alors dans le coma, bien que ses blessures ne soient pas si graves que ça. Quelques jours plus tard, contre toute logique, sa tension baissa soudainement et ce malgré une transfusion.

Les analyses révélèrent une maladie de sang. J'appris alors ce mot bizarre : la thrombopénie, ce taux insuffisant de plaquettes qui en cas de blessures profondes et d'hémorragie pouvaient conduire au décès.

Je n'étais au courant de rien. Et il ne m'en avait jamais parlé non plus. Il mourut sans avoir repris connaissance, sans que je ne comprenne jamais le pourquoi de cette sordide histoire et pourquoi il s'en était pris à notre enfant.

Je suis devenue une criminelle à cause de Guillaume. Je ne désire que mourir, je n'ai plus de goût à rien, même si ma famille et mes enfants ont besoin de moi.

Désormais, je ne serai plus jamais qu'une mère, seulement une mère. Je vais pourtant devoir payer pour ce geste de colère, et je suis prête à endosser la responsabilité de mon acte. Il règne au fond de mon âme une confusion décourageante mais une lueur de jubilation me dit que j'ai sauvé mes enfants et bien d'autres, d'un détraqué, d'un effroyable pervers avec une gueule d'ange.

Je viens d'être acquittée, pour violences involontaires ayant entraîné la mort sans intention de la donner. J'ai eu de très bons avocats, les meilleurs. Papa s'est occupé de tout. En prison, je n'ai pas vraiment réalisé ce qui m'était arrivé, je n'ai donc pas vraiment souffert de ma détention qui n'a duré que quelques semaines. Je subsistais dans un cocon ouaté où des sons inconnus me parvenaient assourdis, où le soleil ne pénétrait jamais tout à fait. Il me semblait que j'étais une autre, une fille que j'aurais croisée et qui m'aurait raconté cette histoire sordide, catastrophée et en larmes, mais ce n'était pas moi, je vous assure, pas moi. Ce n'est pas moi cette étrangère folle furieuse, cette walkyrie vengeresse, cette dingue échappée d'un asile, pas moi, cette fille tranquille qui ne se souciait que de faire correctement un travail amusant et frivole, d'élever dignement ses enfants et d'en faire des êtres équilibrés et sereins. Ce n'est pas moi, non cette folle furieuse qui jette des vases précieux à la tête de mon mari. Un pan de ma vie s'est déchiré, et des lambeaux subsistent, noirs et crasseux, ils me cachent encore, l'horrible authenticité des faits. Derrière ne restent que de vagues projets d'amour, quelques rêves évanouis.

De l'autre coté du rideau, un cauchemar sanglant me réveille chaque nuit et m'empêche de me rendormir, ma bouche hurle, aucun son ne sort de ma gorge, je vomis encore et encore et entends ce cri, le cri abominable d'un spectre aux yeux bleus dilatés d'horreur, des gouttes glacées jaillissent de ses yeux, coulent sur un visage ravagé, et au matin sous le ciel nu je tremble de me réveiller, gémissante et effrayée. J'ai perdu cinq kilos en huit jours.

J'ai essayé d'oublier ma vie, ma vie d'avant, je sais que mes enfants sont en sécurité chez mes parents, est-ce que je représente désormais un danger pour eux ?

Non mais, arrêtez de m'accuser, je ne suis pas coupable, vous vous êtes trompé de personne, j'ai été acquittée. D'ailleurs, même mes codétenues m'ont applaudie quand je suis sortie de prison. Beaucoup de gens inconnus m'ont applaudie aussi. J'ai laissé glisser mes lunettes pour ne plus rien voir, dans le flou réconfortant de ma myopie. J'ai pourtant aperçu des pancartes avec des slogans affreux écrits en gros caractères, du genre :

« Coupez-leur les couilles à tous ces pédophiles et violeurs d'enfants » d'autres encore plus radicales que j'ai malgré tout, une certaine pudeur à taire.

J'ai reçu pas mal de courrier en prison pour me féliciter de mon geste. Mais je ne suis pas une vedette, juste une femme détruite. Je n'ai plus qu'un désir, disparaître dans un trou de souris, devenir microscopique, n'être plus qu'un grain de poussière porté par le vent, me laisser engloutir dans les entrailles de la terre.

Je n'ai jamais voulu assassiner mon époux, juste le punir, l'accabler de représailles pour mon petit enfant outragé, meurtri dans sa chair et si, si malheureux.

Je n'ai pas cru en la justice des hommes, je n'y crois toujours pas. Guillaume n'aurait jamais été assez puni par les dégâts irréversibles causés à Boris et à toutes les autres petites victimes innocentes.

Actuellement il est trop tard pour des regrets.

Mes enfants ont appris le décès de leur papa par mes parents, mais ils ne réalisent pas encore la dimension d'une séparation totale et définitive. On leur a parlé d'un regrettable accident, d'une dispute qui a mal tourné.

Il me sera pénible d'avouer les mots cruels pour tenter d'expliquer, l'inexplicable et navrante vérité à mes jumeaux. J'attendrais pour cela, qu'ils soient devenus plus grands pour appréhender le drame de notre famille.

Malgré la vie qui reprenait, péniblement routinière, je devais endurer chaque jour le douloureux regard de mes petits, je lisais l'incompréhension au fond de leurs yeux. Je ne parvenais plus à supporter mon reflet dans un miroir, je me dégoûtais !

C'est alors que j'ai décidé d'écourter mon existence qui ne mérite plus à mon sens d'être vécue. J'ai pris mes dispositions pour que mes enfants soient confiés à mes parents, je leur ai écrit une longue lettre ou je leur demande pardon pour mon geste insensé, ma déraison et la douleur que je vais leur causer à tous. J'ai rangé mes papiers comme une somnambule, et j'ai pris la route d'Ault d'où je raconte cette pitoyable histoire.

Mon sauveur s'appelle Fulbert, c'est un drôle de nom, pour un drôle de bonhomme, il désirait en finir lui aussi, nous nous sommes donc sauvés mutuellement ce jour fatidique. Fulbert a perdu un fils dans un tragique accident de la route. Sa femme effondrée de douleur, s'est donné la mort quelques jours après la disparition de cet unique enfant.

Nous avons beaucoup parlé, Fulbert a mouché mon nez, essuyé mes pleurs, m'a rassuré, consolé comme un père. Il m'a certifié que mes enfants, ma famille entière ne pourraient jamais se remettre de cette tragédie, que je me devais de continuer bravement le chemin avec les miens. Il affirme que nos étoiles se sont percutées dans la nuit noire pour que nous reprenions espoir. Il dit que le hasard n'existe que dans les romans, que nos routes devaient se rencontrer forcément ce dimanche matin, que nous devons en tirer une leçon d'humilité face à notre destin implacable.

Lui, a décidé de s'occuper de sa nièce, une gamine de vingt-deux ans qui est déjà mère de trois enfants et dont le père, un chômeur patenté s'est évanoui dans la nature. Fulbert voudrait la soutenir et l'aidera financièrement à élever ses petits qui deviendront sans doute avec le temps un peu comme les siens, enfin il l'espère. Il jure de ne jamais renouveler pareille aventure. Nous avons frôlé les limites de l'intolérable, chacun ébranlés, mais rassérénés, nous nous sommes quittés, assommés par cette expérience abominable. Alors, j'ai pu déchiffrer derrière le masque de ses fissures profondes, une nouvelle confiance, une étincelle d'espoir.

Fulbert a promis de me donner des nouvelles, je sais que je ne le reverrai sans doute jamais. J'ai terriblement honte de cette décision stupide et plus qu'égoïste, mais je lui resterai pour toujours redevable et, j'écrirai.

Quelques mois se sont passés. L'automne affiche ses couleurs chatoyantes le long des forêts que nous traversons. Les gros orages de l'été se sont enfin calmés, mes orages personnels un peu aussi.

Aujourd'hui, je prends la route du Lot avec mes enfants. Nous allons essayer de colmater nos plaies dans un tout petit village appelé Castelnau-Montratier, un village perdu au milieu des Causses. Maman m'a prêté une maison qu'elle possédait là-bas, une ruine d'après elle, mais j'ai vu les photos, ça n'a pas l'air en si mauvais état. Cette maison était louée à une vieille tante, Ernestine qui vient de mourir à quatre-vingt-dix-huit ans et laisse la maison vide. Il me reste encore assez d'argent pour retaper convenablement cette nouvelle demeure et en faire un havre de paix et d'oubli. Un artisan a été chargé d'inspecter la toiture et les sols. Je peux m'atteler à un travail épuisant s'il le faut, ce n'est pas quelques ampoules qui vont me décourager. Finalement, mes cours de menuiserie me serviront à quelque chose. Dans un premier temps, je crois que ce sera comme du camping improvisé.
Je n'ai plus rien à moi, plus de meubles, j'ai tout laissé derrière moi. Maman dit que ce ne sont pas les meubles qui manquent, qu'il y en a une flopée, entassés dans la grange, je crains le pire, côté vieillerie.

Monie s'est sauvé de chez Aline et n'a jamais réapparue malgré les affichettes placardées un peu partout dans le quartier et ses alentours. Johannes m'a reproché d'avoir abandonné Monie. Alors Aline qui s'est sentie responsable de cette disparition a tenu à lui offrir un joli chaton roux acheté à prix d'or dans une exposition féline. Il paraît que ça s'appelle un somali. C'est une race très rare, lui a t-on expliqué. Les jumeaux l'adorent. Le chaton est du genre dévergondé pour l'instant et entre deux siestes réparatrices, il égratigne joyeusement les voilages chamarrés de l'appartement feutré de Louis. D'un commun accord, Boris et Johannes l'ont baptisé Mozart.

Mozart nous rejoindra donc plus tard, quand ses vaccins seront à jour. Il voyagera avec Louis qui vient habiter avec nous un certain temps.

Quand je suis rentré d'Ault, Louis m'a surpris, il a scruté mon âme de son regard de frère, il y a vu un tel message de détresse qu'il a décidé de tout plaquer pour ne plus entrevoir jamais ce regard-là, ce vide immense dans lequel je me démène pour rester vivante, je n'ai pas su lui cacher l'odieuse vérité.

Plus tard, quand Louis et moi aurons découvert un peu ce pays et poser nos vies de citadins, nous avons l'intention d'ouvrir un magasin de lingerie au village. Louis se voit bien vendre des slips kangourous aux paysans du cru et moi des strings aux gardiennes de chèvres. Ça l'amuse beaucoup !

Il n'a pas souhaité nous laisser partir seuls dans cette campagne inconnue. Il a annoncé comme ça, tout de go aux parents qu'il en avait sa claque de la vie parisienne, de la drague, des liaisons sans lendemain, du clinquant, des noctambules de plus en plus dégénérés et des pédés... Je ne fais que reproduire exactement ses mots ! Il dit qu'il veut jouir d'une vie simple et champêtre, profiter de chaudes flambées les soirs d'hiver frileux, ramasser des champignons et jouer du saxophone pour le plaisir de sa famille, sans se faire incendier par ses crétins de voisins.

Il veut me protéger surtout des idées folles qui m'assaillent et qu'il a devinées d'instinct avant que j'aie pu dire ouf. Je l'adore, mon grand frère et les enfants en sont littéralement fous.

J'ai reçu une longue lettre inattendue, de la mère de Guillaume.

Elle explique qu'elle s'est tue toute sa vie au sujet de son fils et de son mari. Elle a fui ses responsabilités par lâcheté et le regrette amèrement chaque seconde de sa vie. Elle savait que son mari avait abusé de Guillaume quand celui-ci n'avait que huit ans, elle les avait surpris un matin dans la salle de bain dans une position sans équivoque. Elle pensait que ce jeu malsain durait depuis plusieurs années déjà. Pour se venger, elle avait délibérément avorté au bout de trois mois de grossesse, sans en parler jamais à personne, afin que son mari ne reproduise pas cette abomination avec un autre de ses enfants. Ce drame atroce la poursuivait depuis, elle n'avait jamais pu en guérir. Elle s'était sentie effroyablement coupable de cette monstruosité et lentement s'était recroquevillée, ratatinée comme une vieille fille aigrie.

Elle disait de Guillaume qu'il était un être trop sensible, asservi par un père tyrannique. Il était devenu cet artiste planant à mille lieues de la réalité, la musique aurait dû le protéger de ses fantômes. Elle s'en voulait de ne pas avoir su l'aimer et le comprendre assez. À quinze ans Guillaume avait déjà fugué une dizaine de fois. Il reprocha toujours à sa mère ce silence pesant, et après avoir obtenu une bourse au Conservatoire de Paris, il les abandonna en entamant plus tard une carrière de soliste.

Elle pensait que Guillaume s'en sortirait avec l'âge et le temps, qu'il oublierait, obsédé par son art. Quand elle avait assisté au mariage, elle avait cru son fils sauvé enfin, et s'était réjouie de notre bonheur.

Il était si doué, avait-elle écrit à plusieurs reprises, Elle pensait naïvement qu'à travers la musique, on pouvait tout oublier. Elle-même, mélomane avertie passait des journées entières, enfermée à écouter des opéras, ce qui avait le don de faire bouillir son mari peu porté sur les arts, en général, en bon militaire de carrière. Elle répétait que Guillaume fragile et déstabilisé resterait meurtri dans sa chair comme porteur d'une plaie inguérissable !

Le courage lui avait manqué pour quitter cet homme abject, son mari. Sans profession, elle dépendait de lui financièrement, il en profitait pour la réduire à sa merci, l'avilir par un dédain souverain. Ses chantages étaient quotidiens, elle résistait, tenait sa revanche, mais ce souvenir effroyable lui procurait des migraines affreuses, elle restait muette durant des jours entiers, ne voyait plus personne, se murait dans sa douleur. Comment aurait-elle pu crier son amour à ce fils qui ne songeait qu'à la fuir, elle ne savait que se taire. À la retraite, son époux avait continué ses fréquentations contre nature en exerçant son pouvoir répugnant sur de jeunes victimes déshéritées dont il achetait le silence par de menus cadeaux.

Comment aurait-elle pu m'avouer cette infâme vérité ? Jamais elle n'aurait pu imaginer que Guillaume reproduisit ces mêmes gestes obscènes sur ses propres enfants.

Elle avait souhaité s'éloigner de nous afin disait-elle, que son mari ne soit pas tenté par la chair fraîche, ses petits enfants. Quand son époux avait suggéré de prendre sa retraite au Maroc, elle avait accepté de quitter la France, tout en sachant qu'ainsi elle mettrait une certaine distance entre lui et nous et qu'elle se privait ainsi de la tendresse de ses petits enfants qu'elle souhaitait maintenant rencontrer au plus tôt.

Plus loin, elle m'annonçait que son mari souffrait d'une maladie incurable il ne lui restait que quelques semaines à vivre. Elle disait souffrir du climat trop sec, avait le mal du pays, bien que les autochtones soient des plus gentils et leur maison fort agréable. Les saisons, la verdure, les forêts lui manquaient énormément. Dès qu'il aurait disparu, elle quitterait le Maroc, elle reviendrait vivre dans la région du Gers où elle possédait encore de la famille de son côté, une tante et une cousine. Elle me suppliait de garder le contact. Elle désirait enfin faire connaissance avec ses petits-enfants. Leurs dessins et leurs photos jonchaient les murs de sa chambre, ils ressemblaient tant à Guillaume, Guillaume ce fils unique qu'elle n'avait su ni protéger, ni suffisamment aimer. Elle me demandait de continuer à lui envoyer des photos des petits.

Elle se justifiait en prétextant de son amour total pour son mari, malgré ses travers. Elle aussi avait été follement amoureuse de lui, et l'aimait toujours au fond de son cœur.

Elle parviendrait à me pardonner peut-être plus tard, mais elle était consciente aussi d'avoir des montagnes de non-dits à se faire absoudre.

C'était signé : Térésa.

Pour l'instant, je ne me sentais pas le courage de répondre, mais j'envisageais de le faire après le décès de son mari. J'en parlais avec Louis et lui fis lire la lettre que je connaissais presque par cœur, pour l'avoir relue plusieurs fois. J'ai cherché à comprendre cette femme, je ne suis pas bien certaine d'avoir mieux réussi qu'elle à me dépêtrer de cette infamie.

Il était évident que Johannes et Boris devraient connaître leur autre grand-mère, ils connaissaient d'ailleurs son existence et avaient parfois demandé à leur père de rencontrer cette mamie lointaine !

Nous n'allons pas accomplir des miracles à Castelnau. Nous nous efforcerons de redevenir des gens normaux, de nous fondre dans l'anonymat d'une région inconnue, de rafistoler les vestiges de nos cœurs mutilés et d'ensevelir nos pires souvenirs. Louis a acheté une clarinette pour Boris, une belle clarinette en ébène.

Hélas, Boris ne peut encore en jouer, ses doigts trop fins se coincent dans les trous, mais il ne quitte plus son instrument, lui fait une place dans son lit. Chaque jour, il caresse ce sublime engin avec précaution avant de la ranger dans sa précieuse mallette doublée de velours rouge.

Je sais bien que mon frère Louis, n'est pas précisément un parangon de vertu pour l'éducation des enfants, mais la vertu ne nous a pas trop réussis ces temps-ci ! J'avais bien cru que mon mari était parfait !

Boris fait front, petit chef courageux qui se bat contre ses cauchemars et fait mine se supporter l'insupportable. Je pense néanmoins qu'il est heureux de partir vers un endroit inconnu qui lui permettra probablement de se refaire une certaine innocence. Nous allons fêter leurs six ans en toute intimité, dans notre nouveau nid un peu poussiéreux, loin des commérages. Nous entamons de grandes discussions tous les trois, nous avons juré de ne plus avoir de secrets les uns pour les autres, aucun secret, le secret mine la vie, c'est mon humble avis. Les relations entre les deux frères se sont consolidées, j'ai l'impression qu'ils se découvrent, s'épaulent l'un l'autre dans l'adversité, acceptent leur différence en même temps qu'ils apprennent à gérer leur gémellité.

Ma famille a été exceptionnelle, mes parents formidables. Sans eux j'aurais sombré corps et âme. Je sais ce que je leur dois à tous et m'efforcerai d'être honnête et digne de leur confiance absolue. Je les aime tellement, comment ai-je pu douter de leur amour ? J'aurais pu les faire atrocement souffrir, détruire leur univers par cette monstrueuse obsession de suicide ! J'ai crée suffisamment de dégâts autour de moi, ils ne m'ont pas jugé, aucun mot de reproche ne fut jamais prononcé devant, ni derrière moi. Ce fut très pénible aussi pour eux toute cette histoire, compliqué de se dérober à la meute de journalistes de tout poil et de supporter les médias envahissants qui m'auraient voulu protagoniste d'une lutte amère perdue d'avance.

J'ai comme principale et seule ambition de rendre mes enfants heureux, je les ai privés de père, j'ai bien failli les priver aussi d'une mère.

Un jour peut-être, je pourrai à nouveau regarder un homme au fond des yeux l'esprit apaisé, accepter simplement d'être aimée et accorder ma confiance. Dans très longtemps sans doute, quand mes garçons seront devenus des hommes ! J'approcherais de mes cinquante ans alors, j'espère que je serais une dame encore acceptable !

Je n'ai aucune idée de ce que l'avenir nous réserve ici. Mais je sais que plus personne, jamais, ne touchera un seul cheveu de mes enfants.

J'y veillerai personnellement !

Hans Ulrich Hartmann

Hans Ulrich Hartmann pouvait être fier de lui. À trente ans à peine, il venait d'être nommé général de la Wehrmacht. Ces temps derniers il n'avait pas ménagé ses efforts. La liste des juifs arrêtés grâce à sa pugnacité s'allongeait de jour en jour. On lui demandait du rendement, d'accélérer la cadence. Il produisait sans état d'âme.

Hans Ulrich Hartmann n'était pourtant pas un homme brutal, il faisait lucidement son travail, recevait des ordres et les exécutait, fidèle à sa patrie et à son Führer. Après Berlin, la campagne de Norvège, la Belgique et les plaines du Nord, la vie à Paris semblait presque sereine. Les filles y étaient jolies et leur offrir de menus présents le réjouissait. Il était si joli garçon et si riche que les plus farouches tombaient sous le charme. Hans savait être reconnaissant, il fournissait ses conquêtes en denrées introuvables et personne ne lui demandait des comptes.

Ce matin d'avril 1943, le ciel était d'un bleu unique, c'était un temps de printemps, un temps à flâner le nez en l'air, à humer les odeurs de fleurs et le parfum des jeunes filles. Mais il avait une mission spéciale, aller cueillir au saut du lit un banquier juif. Sans faire de vagues, lui avait-on commandé. L'affaire ne s'était pas passée comme prévu, enfin pas comme il l'aurait pensé et tout le quartier semblait au courant. Cette fois, le sang avait coulé, l'homme acculé avait préféré se jeter par la fenêtre quand le SS avait pointé son arme dans sa direction. Son jeune fils était devenu une vraie furie en voyant son père basculer dans le vide.

Hans Ulrich avait tiré par réflexe, bien que ce ne fût pas nécessaire, c'était la première fois qu'il perdait son sang-froid. L'enfant de ses poings rageurs s'était rué sur l'officier. Celui-ci avait juste voulu lui faire peur, et il avait pointé la tempe de l'enfant, c'est alors que la mère s'était jetée devant le gosse pour le protéger. Le coup était parti tout seul et la mère aussi s'était tu, morte sur le coup. L'enfant pétrifié avait cessé de crier. Hébété, il secouait les bras de sa mère pour la faire revenir à la vie. Cette scène Hans Ulrich l'avait vécue des centaines de fois. Mais là il avait ressenti un certain malaise, une certaine émotion, pour une fois. Ne sachant que faire il avait renvoyé ses hommes et embarqué le gamin devenu muet. Il n'avait aucune intention. Il ne s'agissait pas de le torturer, ce n'était pas dans ses habitudes, il laissait le sale travail aux autres. Quel âge pouvait avoir le gamin, 12 ans, peut être moins. Il lui ressemblait tant que c'en était troublant. Mêmes yeux gris bleu, même front large, mêmes membres longs et fins, même chevelure de soie châtain clair. Il était son sosie.

Au moment de rentrer et de faire son rapport dans ses bureaux, il avait eu cette idée sans doute stupide. Il allait garder le gosse. Juste quelques jours. C'était fou, il le savait, mais personne d'autre que son chauffeur et homme de confiance ne le saurait. Celui-ci entièrement dévoué à sa cause s'était secrètement entiché de lui. Et Hans n'avait qu'un mot à dire pour que son majordome soit nommé sur le front de Russie.

Et puis le gosse traumatisé n'irait pas crier sur les toits qu'il était juif. Depuis des heures, il se taisait. Impossible de lui soutirer le moindre son. Il ne savait pas son prénom. Juste son nom de famille. Alors, juste pour lui, il l'appela Josef, comme son grand-père à lui. Il pensa qu'Hans Josef ferait plus germanique. L'enfant lui servirait d'aide de camp, de secrétaire, en attendant. Mais en attendant quoi ! Sa mission risquait de ne pas s'éterniser dans la capitale, eh bien il embarquerait le gosse avec lui, il trouverait un stratagème. Il lui ferait fabriquer de faux papiers. Il le sauverait coûte que coûte. Hans savait qu'il risquait gros. Mais, il lui serait facile de dire qu'il était de sa famille tellement la ressemblance était frappante. C'était sa réplique fidèle, une parfaite miniature de lui. Il dirait que c'était son neveu, son neveu devenu orphelin, ce qui n'était pas un mensonge après tout. Ses neveux étaient tous orphelins. Devant son miroir, Hans répéta plusieurs fois le nom : Hans Josef Hartmann, ça sonnait bien, ça sonnait juste et clair.

Nathan ne savait plus quoi penser. Pourquoi cet affreux SS le gardait-il avec lui. Il venait de perdre son père et sa mère de la manière la plus cruelle. Par miracle, ses deux sœurs avaient échappé aux griffes du monstre. Depuis une semaine, elles avaient rejoint Orléans et elles étaient à l'abri chez tante Martha. Il ne pouvait pas pleurer, ce n'était pas le moment. Il fallait composer, se blinder, résister et surtout se taire. Se taire pour punir l'autre. Se taire parce qu'il n'y avait plus rien à dire. Se taire parce que c'était la guerre, qu'il savait déjà depuis longtemps, que l'époque voulait son comptant de martyrs. Nathan n'était pas un enfant tendre, plus maintenant. Il était devenu une boule de haine, une statue de pierre, son cœur ne battait plus que pour venger les siens. Pris dans un tourbillon de folie, Nathan se jura de faire payer l'odieux assassinat de ses parents à ce barbare imbu de suffisance. En attendant que pouvait-il faire, lui tout seul, lui face à l'absurdité de l'époque. S'échapper sûrement, mais comment ? L'homme l'enfermait à double tour dès qu'il sortait. On le nourrissait convenablement, il était traité avec tant d'égards que ça paraissait louche. L'ennemi avait déposé sur le lit un pull à sa taille, un vêtement très doux et sans doute coûteux, un pantalon de golf de bonne facture et des vêtements de dessous. Il avait visé juste, tout lui allait. Les vêtements de Nathan encore tachés du sang de sa mère puaient atrocement, mais il ne voulait pas s'en défaire. C'était tout ce qu'il lui restait d'elle, son sang. Nathan n'arrivait plus à fermer un œil sans revivre l'odieuse scène où son père avait basculé dans le vide, où sa mère s'était jetée sur lui pour le protéger. Il n'arrivait toujours pas à pleurer. Il serrait les poings et les dents, ne prononçait pas un mot. L'homme serait bien obligé un jour de se débarrasser de lui. Mais comment. Il se considéra dès lors comme un prisonnier de guerre. Sa détention pourtant était loin d'être désagréable. L'homme redoublait d'effort pour le satisfaire, il lui rapportait des gâteaux, de vrais gâteaux, comme tante Marthe savait si bien les faire avant la guerre. Du pain et de la viande, et même du poulet cuit. Mais Nathan se voulait insondable. Il devait se méfier des réactions de cet homme-là. En attendant, il refusait de lui parler. On ne parlemente pas avec l'assassin de ses parents. On le hait et puis c'est tout. Si au moins tante Martha avait eu le téléphone, il l'aurait appelée. Il pensa écrire et jeter la lettre par la fenêtre, mais sans timbre elle risquait d'être jetée à la poubelle ou envoyée au caniveau par les balayeurs.

À Orléans on devait déjà commenter la disparition des siens et prendre des dispositions pour fuir. En Amérique peut-être. Son père avait mûri le projet de partir à Boston. C'est pour cette raison qu'il l'avait incité à travailler sérieusement son anglais.

Quand Hans rentra ce soir-là, passablement ivre, il trouva l'enfant lavé, habillé de neuf et plongé dans un de ses livres préférés, les poèmes de Rainer Maria Rilke. Ainsi l'enfant lisait l'allemand. Hans aurait voulu lui dire que la guerre était ainsi faite que des innocents payaient pour les crimes des autres, qu'il n'avait fait qu'exécuter des ordres, qu'il n'avait rien contre son père en particulier, et qu'il était sincèrement désolé que sa mère ait réagi aussi stupidement. Mais il avait la tête dans un étau. Ses migraines le rendaient fou. Il aurait voulu parler à ce gosse comme on parle à un ami, un parent, mais il n'avait ni ami, ni confident et plus de parents. Tous ses anciens camarades et amis avaient déjà payé de leur vie, la folie et la démesure de leur chef suprême. Ses parents eux-mêmes avaient connu la douleur de perdre un enfant. Hans Peter, son jeune frère n'avait que 24 ans, mais il avait choisi une autre voix que la vie militaire. Il aimait sculpter, peindre et refusait l'engagement militaire. On ne lui avait pas demandé son avis. Malgré les séquelles de poliomyélite sévère, il avait été considéré comme un renégat, un insoumis, un de ces artistes engagés dont le Führer ne voulait pas entendre parler. L'Allemagne avait besoin de soldats, pas de pantin désarticulé tel que Hans Peter. Le régime ne tolérait ni les lâches, ni les artistes, ni les handicapés, le régime s'en débarrassait. Hans Peter avait été arrêté, torturé et pendu. Ses parents n'avaient pas supporté l'infamie. Ils s'étaient pendus aussi.

Depuis Hans Ulrich, ne se posait plus de question, il voulait avant tout survivre à cette guerre, survivre et peut-être fonder un foyer, élever des enfants blonds comme lui, et couler des jours heureux quelque part en Amérique du Sud. Il ne savait pas encore où, mais l'Allemagne lui semblait désormais improbable. Pour l'instant, sans trop d'espérance sur ses chances à venir, il essayait de ne se faire remarquer que pour son zèle. Il se rappela que le médecin qui l'avait mis au monde et qui avait soigné son frère, était juif, mais que s'il fallait sacrifier quelques juifs pour l'intérêt général, Hans Ulrich oublierait ses affreuses voix qui l'empêchaient de dormir chaque nuit.

Enfin s'il ne savait pas quoi faire de cet enfant, il ne le donnerait pas aux autorités pour autant. Pas maintenant. Il pensa qu'il pourrait peut-être l'adopter, lui donner son nom. Il l'avait pensé une seconde, mais il savait que c'était absurde, qu'il serait un piètre père, et que l'enfant allait lui échapper un jour ou l'autre. C'est pour cette raison qu'il dormait avec la clef attachée autour du cou. Ce n'était pas un enfant comme les autres, celui-ci l'observait et se taisait. Il semblait mûrir un plan. C'était le regard d'un adulte et parfois ce regard figé avait de quoi lui glacer le sang.

Nathan referma le livre, il fixa l'homme dans les yeux et dans un allemand parfait il annonça qu'il voulait rejoindre ses proches pour ne pas l'encombrer de sa présence. Il dit aussi qu'il avait un deuil à faire, un reste de famille, et que cette situation stérile ne pouvait s'éterniser. Mais Hans Ulrich ne sembla pas l'entendre. Il s'était jeté dans un fauteuil et il avait sifflé trois verres d'alcool fort coup sur coup avec une flopée de pilules roses. Nathan eut un doute, avait-il vraiment parlé à cet homme. Peut-être n'avait-il parlé qu'en rêve. Il connaissait l'allemand certes, mais aussi l'anglais et l'italien. On disait de lui, qu'il était surdoué. Il suivait des cours par correspondance, et à presque 13 ans, il pouvait comprendre une dizaine de langues.

Hans Ulrich Hartmann dormit encore très mal cette nuit là, il fit un cauchemar épouvantable. Et alors qu'il se rendait au cabinet de toilette, il remarqua que la lumière brillait encore dans la chambre de l'enfant. Il ouvrit la porte brusquement, en proie à un terrible pressentiment. L'enfant assis sur le lit, déterminé et stoïque, pointait un mauser en direction de Hans. Celui-ci voulut négocier, parlementer, mais il n'en eut pas le temps. La première balle l'atteignit au front. La seconde au cœur, il ne pensait pas que... que le gosse aurait eu le cran de lui voler son arme, à lui Hans Ulrich Hartmann, un valeureux officier du Führer.

Ce sale petit youpin, enfin il s'était décidé !

Que des histoires...

J'ai menti, c'est comme ça, je peux pas faire autrement, je suis l'as des as du mensonge maintenant. On me croit, on ne me croit plus, ça changera rien au problème ! Mentir, pour moi, c'est comme respirer, je me pose pas de questions de savoir si on va me croire ou non ! Plus je mens et plus c'est facile, je suis rarement en panne pour dégainer du mensonge au kilomètre. L'autre soir, j'aurai dû être de retour vers 17 h et c'est seulement à 18 h que je suis arrivé. Dehors, il faisait un froid de Sibérie et déjà nuit et j'étais trop congelé pour me lancer dans des explications.

J'ai même pas eu à expliquer à maman mon retard, du moment que j'étais là, elle rayonnait dans sa cuisine qui sentait fort bon la cannelle et la cardamone ! Elle m'a embrassé sur le front comme elle le fait toujours, elle a frotté mes joues rougies, et elle n'a pas dit : je me suis fait du souci mon grand, non ! Juste, je t'avais préparé une tarte à la cannelle, mais ça fait un peu tard pour le goûter non ? Tu la mangeras ce soir au dessert, mon cœur ! Mon cœur, j'aime bien qu'elle m'appelle mon cœur, personne d'autre ne m'appelle ainsi, ou ça me ferait bizarre. C'est tout nimbé de lumière cosmique que j'ai entamé la montée de nos escaliers cirés. Depuis sa cuisine, maman a lancé : tu prendrais pas un petit lait chaud avant de faire tes devoirs, juste pour te donner du courage ?

J'ai eu pitié ! J'ai immédiatement redescendu les sept marches que j'avais déjà escaladées et j'ai jeté dans le vestibule mes bottes qui étaient bien boueuses vu que j'avais pris un raccourci de campagne, même que j'ai pas le droit de passer par là. J'ai retiré mes chaussettes et je m'en suis servi pour essuyer le parquet. J'ai rejoint la cuisine de maman, pour l'embrasser parce que franchement elle le méritait.

J'ai pas trop faim que je lui ai dit à ma petite maman, mais ce soir, ça me fera rudement plaisir de la manger cette tarte qui sent divinement bon ! Et rien que de lui dire ça à maman, j'ai vu ses joues s'empourprer et un sourire grandiose illuminer ses traits et je dois dire que depuis un bail, les sourires de maman se font de moins en moins grandioses.

Notre vie depuis l'accident, c'est comme l'escalier ! En colimaçon ! Ça monte et puis ça descend et des fois, on s'y casse la binette, tellement c'est trop bien ciré.

Si j'étais encore rentré tard, c'est que j'avais moyennement envie de me coltiner celui qui a remplacé papa à table et aussi dans le lit de maman. L'autre il rentre tôt, parce qu'il se croit obligé même s'il est arrivé après la bataille. Ma maman, il l'aime d'amour à ce qu'il voudrait me faire croire. Bref, il veut tout savoir d'elle pour l'aider à surmonter. Moi, je n'aime pas ses yeux gris taupe, et je me demande un peu ce qu'il mijote. Et c'est certainement pas des confitures.

Pour l'instant, armé des ciseaux géants de maman, je découpe un vieux catalogue d'armes de papa, et lui, le faux-jeton, il fait semblant de lire un livre épais comme un dictionnaire ! Si je fais ça, c'est que pour l'impressionner, et lui aussi sans doute, comme si j'étais assez idiot pour croire qu'il travaille en tournant des pages quatre à quatre. En fait ce sale type me surveille tout le temps. C'est son activité principale, et il écrit aussi des trucs dans ses carnets, des trucs sur moi et sur maman, c'est pour mieux nous cerner qu'il susurre la gueule enfarinée. Comme si on était dupe. Pour l'instant, il ne se mêle pas tellement de mes affaires. Il ignore mes notes qui dépassent largement la moyenne. Il cogite et je suis sûr à cent pour cent, qu'il sait que je mens que je traficote mes notes. Il est loin d'imaginer que c'est juste pour ne pas peiner maman et pour rien d'autre, parce que je m'en fiche de mes notes. Enfin sachant qu'il m'a à l'œil, je mens davantage encore et c'est comme un jeu de souris entre lui et moi. Mais lui c'est l'éléphant !

Maman, elle est l'innocence même, maman elle gobe tout ! Je suis son fils adoré, sa huitième merveille, le plus beau, le plus intelligent de tout le canton et même de toute la Suisse réunie qu'elle dit ! Pourquoi elle douterait de moi maman, est-ce que j'ai une tête de voyou avec mes yeux d'amande douce et mes cheveux d'ange ?

Des fois, ça m'embête de lui raconter des cracs à maman, j'aimerais lui crier la vérité, lui envoyer à la figure et qu'elle me maudisse à jamais, j'aimerais qu'elle lance, mais ne vois-tu pas à quel point j'en ai marre que tu fasses semblant Colin ? Mais maman elle se fâche jamais après moi, elle sait qu'il est inutile de me brusquer, alors elle se raccroche aux branches qu'elle peut et jusqu'à présent, j'étais sa branche préférée.

Moi, je préfère me taire plutôt que de rentrer dans l'engrenage des grands, mais je n'aimerai pas qu'elle craque de trop et que l'autre en profite pour régner sur notre vie, imposer sa loi ou me faire suivre par ses psychothérapies à la noix, comme à maman. C'est son truc à lui, les psychothérapies, il en fait même des en groupe, mais il fait pas ça chez nous, maman veut pas d'étrangers sous son toit ! Maman elle n'a pas mérité ce qui nous arrive, et si je continue à lui mentir, c'est par charité. Pour la voir sourire, j'inventerais n'importe quoi. Je lui offre des dessins que je décalque et des poèmes que je recopie sur des livres de la bibliothèque, et maman elle est persuadée qu'ils sont tous de moi et que je ferai un grand poète, ou un artiste si les petits cochons me mangent pas. En attendant, je continue à traînasser et à rentrer quand ça me chante et ça me chante de moins en moins l'ambiance à la maison avec son silence de neige et ses saletés d'araignées au plafond.

Si j'avais un frère, enfin je veux dire un vrai frère pas une larve de frère avec une cervelle en gruyère, peut-être que je ferais un effort, peut-être que je finirais par avoir la fibre familiale, et que j'aurais du plaisir à admirer les bûches se fondre dans notre cheminée, peut-être que je la jouerais fils modèle, et peut-être que j'aimerais ça être parfait, et que j'aiderais maman à remplir ses pots de confiture sans en coller partout.

Papa me manque, mais pas tant que ça finalement. Il a fui, je le comprends, j'aurais fait pareil si j'avais pu, mais j'étais trop petit, enfin pas entraîné comme aujourd'hui, pas un vrai soldat aguerri. Un jour, je suis sûr il me fera signe, et on rattrapera le temps perdu… Mais je lui dirai jamais que c'est un peu à cause de moi tout ça, enfin ce malheur qui nous a frappés. Alors mon frère Nestor pourra continuer de poser sur moi ses yeux de veau et m'écraser les orteils avec les roues de son fauteuil roulant, je resterai calme, gentil et je continuerai d'essuyer la bave qui suinte de sa bouche, sans faire le dégoûté. Je continuerai à lui parler comme on parle à un frère, à lui dire des secrets que jamais il ne pourra dévoiler, vu qu'il ne sait plus parler et que je crois pas qu'il comprenne la moitié de ce que je lui raconte. Des fois, il éclate de rire, et j'ai presque honte de le voir s'étouffer, hoqueter jusqu'à en faire des syncopes. Du coup, j'ai envie de m'échapper, de courir jusqu'au bout de l'horizon parce que vraiment ce que je lui raconte est affreux.

À mon père je n'ai pas envie de mentir et pourtant... comment pourrais-je lui expliquer que Nestor est tombé dans la mare gelée, et que j'ai tenté de l'en sortir mais que j'étais pas si fort que ça à l'époque. J'avais que sept ans et demi.

Oui je sais, je mens encore, c'est pas tellement comme ça que ça s'est passé ! Quand même, il m'avait bien énervé le Nestor ! J'arrêtais pas de lui dire que Nestor c'est rien qu'un nom de chien et que j'aurais préféré avoir un chien plutôt qu'un imbécile de frère, et que s'il continuait à pisser dans mon lit toutes les nuits, il l'aurait la tannée du siècle ! Maman elle pouvait même pas imaginer qu'on se détestait pire que Caïn et Abel, mais parce qu'il le fallait, elle le punissait. Pourtant c'était bien moi et pas lui qui pissait dans mon lit toutes les nuits.

Je n'aurais pas dû le chercher, car à force Nestor, il s'est rebiffé. Ce jour-là, c'était un jeudi et on n'avait pas d'école parce que les radiateurs de l'école avaient tous explosé à cause du gel. Maman qui avait une livraison importante à faire, a mis ses chaînes, et elle nous a demandé de rester sages, de ne surtout pas sortir, après elle avait rajouté qu'elle n'en avait pas pour longtemps et qu'après on remplirait de nouveaux pots de confiture, une nouveauté, mangue et menthe au cynorhodon. J'ai fait beurk beurk, mais maman est partie quand même ! Sitôt la porte franchie, j'ai renversé tout mon chocolat chaud sur Nestor, sans le faire vraiment exprès et là subitement, il est devenu comme fou. Il s'est mis à me bourrer de coups de pieds, à courir partout et à casser toute la vaisselle des placards. J'ai eu peur ! Il hurlait qu'il allait me tuer et comme maman allait pas rentrer tout de suite, j'ai couru en chaussettes jusqu'au jardin pour échapper à Nestor. Il m'a rattrapé et on s'est battu et arraché des poignées de cheveux, et moi je l'ai poussé dans la mare gelée pour m'en débarrasser !

La glace s'est fendue et j'ai pas compris, pourquoi il criait moins et pourquoi après, il s'est mis à suffoquer en remuant ses bras comme une marionnette. J'ai fermé les yeux très très fort, et je crois que j'ai perdu conscience tellement ça gelait. Quand j'ai rouvert les yeux, la glace était en vrac et Nestor coincé dedans, ça lui avait coupé le sifflet de prendre un bain glacé, mais il remontait pas même s'il avait pied. Je sais pas comment j'ai fait, mais j'ai réussi à le repêcher et à le traîner sur l'herbe qu'était aussi gelée que l'intérieur du congélateur.

Maman nous a retrouvés trempés tous les deux mais elle s'est vraiment affolée quand elle a vu que Nestor était bleu marine et qu'il virait au violet. Elle l'a secoué, secoué parce qu'il remuait plus tellement. Elle lui a fait du bouche à bouche et comme c'était pas assez, elle a tapé sur son cœur comme une folle en engueulant le ciel et Dieu. Après les pompiers sont arrivés et l'ambulance et papa et tout le monde et moi... moi on a oublié, même que j'étais gelé pareil.

Ils sont tous allés à l'hôpital et c'est Ernestine la fermière d'à côté qui m'a récupéré. Elle m'a réchauffé, consolé, même que j'arrivais plus à pleurer de vraies larmes ! Elle m'aime bien Ernestine, elle a essayé de me faire dire ce qui venait de se passer et j'ai pas pu, parce que j'avais la bouche pleine et qu'on m'a appris à ne pas parler la bouche pleine. J'ai avalé six crêpes sans mâcher et ça m'a pas vraiment réussi par la suite d'être poli. Enfin le lait d'Ernestine était délicieux, chaud et crémeux comme de la Chantilly, mais soudain il est ressorti comme un torrent de montagne, j'ai eu horriblement mal au ventre et j'ai tout vomi sur le carrelage rouge d'Ernestine qui s'est pas fâchée pour autant. J'ai chuchoté que Nestor à force de faire le zouave il avait fini par tomber dans la mare et que c'était bien dommage pour lui. Elle m'a bercé comme un bébé en répétant : mon pauvre petit, mon pauvre petit, et moi je me disais qu'elle devait me prendre pour un héros d'avoir sorti mon frère de là. Je dormais presque quand elle m'a soulevé et couché dans son lit blanc en priant pour que mes parents reviennent vite avec de bonnes nouvelles.

Nestor est devenu un légume c'est ce qu'ils disent entre-eux, et moi depuis que je sais que le sucre existe, j'ai jamais eu d'atomes crochus avec les légumes et papa encore moins. Sauf que moi j'ai dû rester chez nous. Mais papa il est devenu fou furieux après maman parce qu'elle savait pas surveiller ses gosses et qu'elle les laissait seuls et sans surveillance ! À leur âge !

Alors comme ça pouvait plus durer eux deux et nous, il a pris la poudre d'escampette et il lui a jeté une pelletée de mots horribles à la figure : qu'elle était une incapable, une bonne à rien à vendre ses pots de confiture sur ses marchés de merde et qu'elle devrait retourner voir son psy s'il voulait encore d'elle. Après il a encore crié que ce type, il aurait du boulot pendant des siècles mais que lui, il avait assez donné, et que maintenant, il donnerait plus un rond pour ça ! Et moi j'ai voulu rajouter mon grain de sel, et j'ai dit : amen ! et maman m'a refilé une beigne, ce qu'elle n'avait jamais fait de sa vie.

Nestor, papa il peut plus l'encadrer non plus et le verdict des docteurs encore moins. Alors il se tape la tête contre les murs, tellement il en veut à la terre entière et surtout à maman !

Maman elle s'est couchée et elle a plus voulu se lever du tout. Ça s'appelle une dépression grave. Du coup on l'a mise dans une clinique neuve et toute moderne avec piscine et jacuzzi alors qu'elle peut plus approcher l'eau de sa vie et même pas se laver les fesses toute seule.

Moi j'avais pas vraiment envie de la voir triste et défigurée mais j'y allais et après elle allait mieux, mais elle sentait pas très bon quand même et papa avait beau m'expliquer qu'elle avait mauvaise haleine à cause des médicaments, j'y croyais pas un instant.

C'est tante Héliette qui m'a gardé le temps que maman remonte la pente. Mon oncle Roberto qui est jardinier est venu aussi depuis Genève. Il est gros et il chante que des airs d'opéras, mais comme il chante très faux, ça fait mal aux oreilles. Enfin au printemps, il s'est mis à faire des travaux, et d'abord il a fait combler la mare et dessus il a planté un prunier pour que maman elle continue ses confitures après quand elle sera guérie. Ensuite Tonton Boléro c'est comme ça que je l'appelle, il a taillé les framboisiers et arrangé tout le jardin. Il m'a même offert pour mon anniversaire un cognassier du Japon qui devrait fleurir rose bonbon. Il m'a certifié qu'avec les fruits on pouvait faire d'excellentes confitures, et je suis curieux de voir ça !

Maintenant que j'ai dix ans, je devrai passer dans la classe supérieure, mais peut-être aussi que je vais changer d'école et qu'on va m'envoyer en pension si la situation ne s'arrange pas.

Dans l'hôpital où il vit Nestor, il y a d'autres gens cassés, on les répare gentiment, mais ça peut prendre des années. Nestor, il a plus de devoirs à faire, mais de la rééducation fonctionnelle. Il vient aux vacances et des fois les week-end. Comme il tient plus debout tout seul et qu'il faut le porter et aussi monter son fauteuil dans les escaliers, c'est assez compliqué et maman elle a pas la force.

Papa est sorti de nos vies. Il ne reviendra pas avant pâques. Il a demandé sa mutation en Bretagne dans une ville qui s'appelle Brest où il parait qu'il pleut tous les jours, mais où les crêpes sont les meilleures du monde. Et comme Maman ne peut pas rester seule, ni approcher la mer, et encore moins laisser Nestor aux infirmières, elle a invité son nouveau copain qui est une sorte de psy.

Claudius, c'est son nom, ce sale type a déjà commencé par nous envahir avec ses chansons folkloriques suisses, que je déteste. Après il a fouillé partout, et comme il a trouvé des placards vides, il s'est empressé de les remplir. Très vite, il a rapporté des caisses de livres et même un fauteuil trop moche qu'il appelle mon crapaud. Je risque pas de m'asseoir dedans, j'ai trop peur qu'il me bave dessus son affreux crapaud verdâtre. Claudius, il essaie de m'amadouer pour savoir la vérité vraie de vraie, mais la vérité dort quelque part sous la mare, et à ce type là, j'ai rien à dire. Lui, il s'étale et il prend ses aises et maman elle semble anesthésiée par lui. Il dit que cet été, si je suis bien sage, qu'il se pourrait bien qu'il m'offre un bouvier bernois, que sa sœur en élève et que ce sont des chiens gentils et faciles et que ça m'apprendra à être responsable. Il dit aussi qu'on ira bientôt voir les chiots qui viennent juste de naître. Je suis tout content, mais je lui ai pas dit que j'avais déjà un nom en tête pour mon futur chien, et que ce serait Nestor. Il comprendrait pas !

Embouteillage de printemps

Phil est furieux, furieux qu'on lui ait volé son autoradio dans la nuit, furieux d'être en retard sur l'horaire prévu, furieux d'avoir à parcourir autant de kilomètres pour trois petits jours de vacances. Quitter Paris à dix heures passées n'est pas une sinécure, se farcir les embouteillages encore moins. Le soleil tape dur déjà et tous ces crétins ont la bougeotte, tous ces crétins vont dans la même direction que lui, vers Lyon.

Phil va voir sa mère laquelle se désole qu'il vienne moins souvent. Elle se plaint de sa santé et de la solitude. Il sait qu'elle se porte comme un charme et que sa solitude n'est que très relative mais, elle parlera encore de ces migraines qui subitement s'envoleront par la présence magique de son fils unique et chéri. Il se dit que toutes les mères sont ainsi, des ogresses qui avalent tout cru les petits garçons grandis trop vite ! Elle, elle aurait bien voulu qu'il reste à Bourg-en-Bresse à jamais. Pour y faire quoi ? Y élever des poulets ? C'est juste après l'obtention de son permis, qu'il est parti. Il ne regrette rien, sauf peut-être d'avoir raté son Bac.

Malgré cela, Phil a un travail et s'il gagne modestement sa vie pour l'instant, faute de bagage suffisant, il le vit bien. Il a trouvé ses marques à Paris et un studio à deux pas de la Bastille. Ce mouvement perpétuel après la placidité de la province, lui convient. À Bourg, il étouffait entre sa mère et sa tante et les amies de celles-ci, toutes férues de musique sacrée, de randonnées et de plats allégés. En Bresse, pays autant réputé pour sa gastronomie que pour ses cépages, c'est stupide ! De son père, Phil a peu de souvenirs et plus qu'un vague regret de n'avoir pu partager ses envies, ses rêves... et la musique ! S'il avait eu encore un père peut-être serait-il resté. Ce n'est pas cette voie qu'il a choisie pourtant, mais le journalisme, au grand dam de sa mère, qui reste convaincue qu'il gâche ses talents et son temps.

Phil pense à ça, faute de pouvoir se consoler avec Monteverdi et Brahms qui ont bercé son enfance. La circulation se fluidifie et sans qu'on sache trop pourquoi, soudain tout le monde freine à mort. Bientôt ils seront tous bloqués avant même l'entrée de l'autoroute, un vrai magma compact, exaspérant.

Il est là à pianoter sur son volant et c'est alors qu'il la voit, petite tache jaune sur le bas-côté. Elle tient un carton où est inscrit « Bourg-en-Bresse ».

Puisqu'il n'a plus de musique et qu'il va s'ennuyer à mourir, il se déporte sur la droite pour faire monter la fille, qui de près est vraiment à croquer. L'ange tombé du ciel reluque sa Fiat bleu, l'ange est vêtu de jaune canari.

– Je vais au même endroit que vous, jette-t-il gaiement à la fille. Si vous n'êtes pas pressée !

Parce qu'elle vient de refuser les trois véhicules précédents, elle se décide illico, celui-ci au moins est mignon et il a l'air normal, même si on ne peut jurer de rien.

– C'est vrai que je commençais à trouver le temps long sans vous, dit-t-elle alors en riant !

Il va répondre un truc minable du genre : jolie comme

vous êtes, personne ne s'est arrêté ? Et puis il se ravise, craignant qu'elle renonce. Mais non, elle dépose son bagage sur le siège arrière, descend derechef sa vitre et seulement après elle pose un œil sur lui, un œil plus attentif. Peu habitué à ce qu'on l'étudie, Phil se sent bizarrement troublé.

– Désolé, j'ai plus de musique fait-il, on m'a piqué mon autoradio cette nuit ! Vous allez devoir me faire la conversation, je ne suis pas très doué pour ça, mais pour écouter oui, je suis le roi, j'ai l'oreille absolue ! Il ne sait pourquoi il lui a sorti ça, d'habitude il ne le dit à personne, et pourtant à elle, à cette étrangère, il l'a dit spontanément !

Amusée, elle répond :

– On commence par quoi, par la pluie ou par le beau temps ?

– Vous pouvez me raconter votre vie, j'adore les histoires des gens !

– Oh la la ! Si je commence on ne m'arrête plus. Ma vie est à pleurer d'ennui, et je ne voudrais pas vous gâcher la journée qui… a déjà mal commencé pour vous, on dirait. Encore heureux que votre petit voleur vous ait laissé la voiture, monsieur l'oreille absolue.

– Encore heureux oui, s'il avait laissé sa carte je l'aurais sûrement remercié ! Pour l'oreille absolue, je vous explique et après je me tais et n'écoute que vous.

Il tend sa main.

– Moi c'est Phil, Phil comme philharmonique, une idée de mon père ! Ma mère aurait préféré Philippe, mais elle s'est habituée. On me demande tout le temps si je suis américain. On peut se tutoyer ? C'est plus sympa non !

– Enchanté Phil et merci encore. Moi c'est Cloé sans h, et on me demande plutôt si je suis suédoise et à ma connaissance, je ne le suis pas.

Ils rient

– J'ai pensé que vous, heu tu, tu l'étais un peu. Mais

c'est surtout la couleur de ton pull qui m'a attiré. Du jaune comme ça, c'est... c'est pas courant mais ça te va bien !

Il disait n'importe quoi, des banalités consternantes, qu'allait-elle penser de lui, qu'il la draguait ouvertement !

Il n'est plus si pressé d'arriver maintenant. Comme le flot ralentit encore, il l'observe à la dérobée. Ses mains longues posées sur ses genoux semblent crispées et ses ongles sont rongés au sang. Phil s'interroge : qu'est-ce qui peut pousser une fille aussi jolie à se martyriser ainsi ?

— Et tu fais quoi dans la vie Cloé, à part du stop via Bourg-en-Bresse, dit-il après une longue inspiration !

— Je travaille dans l'édition.

— Ah oui ! Chouette boulot ! T'es une championne de l'orthographe alors ? Moi c'est tout le contraire, j'ai même raté deux fois mon bac. Je m'en foutais, je me foutais de tout à l'époque. ma mère enchaînait les dépressions et ma tante gérait, mais comme elle était sur le point de se marier, elle avait autre chose en tête que de s'occuper d'un nul dans mon style ! Heureusement, j'ai changé.

— Je suis peut-être curieuse, mais tu as parlé d'oreille absolue, ça te sert à quoi exactement ?

— Dans mon job ? À rien finalement : l'oreille absolue, c'est l'aptitude à reconnaître n'importe quelle note chantée ou pas avec une extrême justesse. Je suis musicien mais j'ai un peu délaissé mes instruments. Je ne supporte pas mes fausses notes. Tu imagines. J'ai vécu certains concerts comme de vrais calvaires, alors maintenant je m'abstiens.

— Et tu jouais de quoi ?

— Piano un peu, alto très mal, saxo moderato.

— Impressionnant !

— Tu sais c'est marrant, j'écris aussi, enfin des trucs

plutôt assommants pour toi je pense, des articles pour un magazine de pêche. J'adore pêcher, le silence, les étangs, les lacs, c'est si reposant. Un jour, j'aimerais écrire sur mon père que j'ai peu connu finalement. C'était un fameux luthier, une pointure. Il travaillait pour les plus grands violonistes de la planète. Quand j'étais môme, je passais des heures dans son atelier à le regarder faire. Je ne devais toucher à rien, juste écouter et parfois donner mon avis. C'est lui qui a compris le premier quel don j'avais. Il s'en servait, j'étais heureux de lui plaire, de l'aider, qu'il me regarde enfin. J'avais 13 ans quand il s'est tué. Une plaque de verglas et hop. Fini la route pour lui. Ma mère s'est arrêtée de chanter, de manger, de respirer. Elle a fermé l'atelier et tout recouvert de draps blancs.

– C'est triste. Moi je ne connais ma mère que depuis le mois de janvier. Avant je ne savais même pas son nom, ni où elle vivait.

– Et comment c'est possible ça ?

– C'est vrai en tout cas. J'avais l'impression que mon père me punissait d'exister. Je crois qu'en me voyant, il devait revoir ma mère et que c'était assez pénible pour lui. Pourtant un jour, il a été bien obligé de me révéler son identité parce que j'avais des papiers à remplir et l'âge de savoir. J'ai recherchée ma mère longtemps. Et je l'ai retrouvée. Je lui ai écrit et elle est venue à Paris. C'est mon père qui m'a élevé, enfin élevé, c'est un bien grand mot. Sitôt recasé, il m'a collée en pension. J'y suis restée dix ans. Du coup, j'ai eu le temps de lire et de parfaire mon orthographe !

– C'est dégueulasse, mon père n'aurait jamais fait une chose pareille si ma mère avait disparu. Ma pauvre, t'as dû déguster !

– Écoute Phil, on ne se connaît pas et je suis en train de te gâcher ta journée. Alors on va arrêter là, je vais me taire, c'est mieux !

– Gâcher ma journée, quelle affaire !... mais regarde-moi ce con !

Une voiture jaillie de nulle part faillit les emboutir, en slalomant de file en file. Phil, obligé de piler retint instinctivement Cloé qui apprécia ce geste protecteur.

– Les émotions ça donne soif, dit-il alors ! il y a une bouteille derrière, mais j'ai pas de verre. Quand je pense qu'on est seulement fin mai, ça promets ! Je déteste l'été, les vacances, la chaleur et tous ceux qui se sentent obligés d'encombrer les routes, sous prétexte qu'il fait beau. Comme les poissons, je préfère la flotte.

Tout en conduisant d'une main, il tâtonne au hasard, recherche cette satanée bouteille qui a roulé sous les sièges. Cloé s'y met alors, quand sa main frôle celle de Phil, elle frémit.

– À toi l'honneur Cloé!

Cloé boit à petites gorgées et Phil l'imite.

À présent, l'embouteillage grossi ressemble à un long serpent de tôles échauffées. Les fumées d'échappement irritent les yeux. Cloé s'embourbe, cherche ses mots pour relater cette première entrevue avec sa mère, parfois elle bafouille. Phil comprend son malaise.

– Ton histoire, tu devrais l'écrire. C'est digne d'un roman. Même si on a du mal à croire qu'il existe des parents pareils. Ma mère est géniale finalement, je l'adore, je ne lui dis jamais. Si je le faisais, elle penserait que je suis malade, elle serait capable de m'enfermer dans sa cage dorée et de me donner la becquée toutes les heures. Des graines, elle ne mange que des graines en ce moment, elle en fait germer partout.

– Je n'ai pas envie d'écrire ma vie, Phil, ni de faire pleurer les dames qui se nourrissent de graines. Je veux juste être vivante, faire correctement mon travail et profiter de la vie, et puis un jour peut-être, aimer quelqu'un de bien et avoir des bébés blonds avec une fossette au menton.

Phil sourit, pose son index dans la sienne et réalise qu'il

a oublié de se raser.

Cloé encouragée par Phil, continue.

– Quand j'ai vu ma mère après vingt ans de silence radio, j'ai appris qu'elle était remariée et qu'elle avait deux autres filles. Je ne veux pas m'imposer, ni arriver comme un chat dans un jeu de quilles et leur vie arrangée à la sauce mensonge. Elles ont onze et treize ans et ce sont mes demi-sœurs. Elles viennent d'apprendre que leur maman a eu une fille avant elles ! C'est un choc pour elles aussi, tu ne trouves pas ?

– Un sacré choc oui. On dit un chien dans le jeu de quilles, Cloé, pas un chat. Je te dis ça mais l'effet est le même ! Son mari, il savait pour toi ?

– Il sait tout. il doit l'aimer assez pour supporter son passé et même risquer de bouleverser son futur. Il ne peut pas lui refuser ça, alors je viens, mais je ne reste pas. Ma vie est à Paris, je n'ai pas l'intention d'emménager à Bourg-en-Bresse, tu sais !

– Tu fais bien, c'est désolant, mortel le soir puisque j'en suis parti. Ma mère n'apprécie pas que je vive dans un studio, alors qu'on a cinq chambres vides chez nous. Elle dit que nous sommes une ridicule petite famille et que nous ne devons pas nous éloigner les uns des autres. Sa hantise, c'est que je m'expatrie, que je parte va savoir où, au Canada par exemple, j'aimerais assez, à cause des lacs. Alors trop souvent, je me trouve des excuses pour ne pas venir. Ce matin, j'ai failli lui dire que je ne viendrais pas pour cause d'ennuis mécaniques. Je n'ai pas pu. J'ai juste dit qu'elle ne m'attende pas pour déjeuner, que j'allais prendre mon temps. J'ai bien fait non ? Et toi Cloé, tu serais peut-être tombée sur un satyre en Renault, un type aux mains poilues baladeuses, qui écouterait du Claude François à fond les manettes ! Tu vois à quoi tu as échappé ?

Elle dit alors qu'il a eu bien raison de passer par là, à cette heure précise. Et alors qu'il n'a rien demandé, Cloé se sent obligée de lui raconter qu'elle ne fait jamais de stop, mais qu'avec les grèves et tout, les trains bondés… Elle rajoute qu'elle dort mal depuis qu'elle sait, et qu'elle ne peut plus se concentrer sur rien et que si ça continue, elle va se faire virer de sa boite. Elle enchaîne.

– La vie est mal faite Phil, moi, j'aurais adoré avoir une mère qui m'étouffe et même qui m'enferme dans une cage dorée. Mais changeons de sujet veux-tu ! Mis à part pêcher dans les mares et te priver de concerts, tu fais quoi d'autre de ta vie, tu vis avec quelqu'un ? Non excuse-moi, ça ne me regarde pas ! J'arrête, je crois que je vais dormir un peu.

– Non, s'il te plaît, ne dors pas, continue Cloé ou je vais m'endormir aussi. J'adore le son de ta voix, c'est mieux qu'une douce musique, même si ton histoire est vraiment moche, enfin je veux dire, terrible ! Il pose sa main sur la sienne et la retire aussitôt. Raconte encore et après promis juré, on n'en parle plus jamais et j'efface la vie de Cloé de ma mémoire.

Elle parle encore un peu de cette mère qui ne s'est jamais souciée d'elle, des gens qui ont compté pour elle. Elle finit la bouteille d'eau. Ils grignotent les biscuits roses et des rouleaux de Zan qu'elle a emportés pour ses sœurs. Plus personne n'avance. Des gens descendent, vont voir ce qui se passe devant, et ils reviennent en haussant les épaules. Des gosses s'échappent des véhicules, laissent les portières ouvertes, jouent au ballon, tandis qu'un tas d'idiots s'excitent encore sur leur klaxon.

Et Cloé soudain est prise de sanglots qui l'étouffent au point qu'elle doit sortir elle aussi pour prendre l'air. Secouée de hoquets, elle court sur le bas côté où les genêts éclaboussent d'or cette fin de printemps. Phil pense d'abord qu'elle a avalé de travers ou envie de vomir à cause des bonbons, mais il comprend que l'émotion que Cloé dévoile, ne peut que la meurtrir. Il sort comme un fou derrière elle, l'entoure de ses bras, la serre très fort, la console tant qu'il peut, boit ses larmes, Cloé est inconsolable !

Et c'est seulement là qu'ils entendent le bruit, le bruit effroyable de freins qui lâchent, un poids lourd énorme qui déboule, si vite qu'il va s'encastrer dans la file des voitures. Le choc est dément, les cris stridents, mais Cloé et Phil ne voient rien tout de suite, tout entiers repliés sur leurs peines. Ils restent pétrifiés, muets quand ils comprennent enfin ! La voiture de Phil prise dans le chaos, où est-elle, là-dedans ?

D'un petit accordéon bleuâtre, s'échappent des fumées noires.

À quoi tu penses ?

On sort ?
Bof !
À quoi tu penses ?
Je pense à Chopin, au pianiste qui joue divinement bien ce passage que j'adore, je pense à la petite amie du pianiste, qui l'admire et n'en perds pas une note. Pas comme moi. Je pense que tu m'embêtes avec tes questions, laisse-moi écouter, Lucas !
Bon, tu l'auras voulu, je file. Écoute ton Chopin, j'ai besoin d'air, de voir du monde, je vais faire un tour.
Tu reviens quand ?
Un jour peut-être ou jamais ! Et puis merde, salut !

La porte avait claqué et Manon, sursauté, mais elle avait l'habitude des petites révolutions de Lucas. Elle s'était arrachée à regret du canapé. Elle avait monté le son un peu, descendu une mini bouteille de Contrex et posé son casque sur ses oreilles, pour ne plus rien entendre d'autre que son cher et merveilleux Chopin.
Dehors, les rumeurs de la ville s'étaient tues.
Nocturne en ut mineur. Elle n'avait pas essayé de retenir ses larmes, comme elle n'avait pas essayé de retenir

Lucas. Lucas et elle, une histoire qui n'en finissait pas d'expirer et de rebondir. Une histoire entre tragédie et comédie, entre folie et lassitude. Ça venait d'elle bien sûr, c'était sa faute, mais elle n'y pouvait rien. C'était ça le pire, elle n'y pouvait jamais rien Manon, et les évènements quels qu'ils soient glissaient sur elle, comme la pluie ce soir sur les trottoirs.

Les notes s'égrenaient futiles ou légères, soyeuses ou saccadées, et elle oubliait. À présent, elle avait juste des fourmillements dans les pieds, l'envie de danser sur cette valse numéro 17 en mi-bémol si triste. Elle savait que seul Chopin pouvait la guérir et ne s'en privait pas, au grand désespoir de Lucas. Le pianiste paraissait si jeune sur la photo du CD qu'on aurait dit un collégien. Il regardait au loin, d'un air rêveur et un sourire de Joconde laissait à penser qu'il ne pensait à rien d'autre qu'à avoir l'air inspiré et sage pour la postérité. De fines lunettes d'intellectuel brillaient sur son nez si droit. Ses mains croisées semblaient aériennes et fragiles, et pourtant il en fallait du talent et du doigté pour exécuter de tels chefs-d'œuvre. Manon reposa la pochette, ferma les yeux et elle essaya d'imaginer la vie du pianiste qui s'appelait Jean Frédéric.

Elle avait beau y réfléchir, creuser ses méninges, personne autour d'elle ne s'appelait Jean Frédéric. C'était un nom prédestiné que lui avaient donné ses parents, sans doute en l'honneur du compositeur. Était-ce pour cette raison unique, qu'il s'était senti obligé de s'en faire le chantre, des années plus tard. Comment un nom, enfin un prénom pouvait à ce point orienter une vie, faire pencher la balance du bon côté.

Elle pensa à son propre prénom et à la Manon des sources de Pagnol, elle aimait Pagnol autant que Chopin. Elle aurait voulu vivre ailleurs qu'à Paris, s'enfuir et courir pieds nus dans la garrigue, respirer et s'enivrer des senteurs de thym et de romarin, mais elle ne courait nulle part pieds nus, sauf peut-être le matin dans sa salle de bains.

Le téléphone avait sonné et elle n'avait pas répondu. Plus tard, elle avait écouté le message. C'était Chaussette.

« Manon c'est moi, ton mec est encore chez moi, il dort là, mais faut qu'on cause sérieusement nous deux, je te rappelle demain, dors bien si tu peux et n'oublie pas de prendre tes comprimés ! Bisous ».

Chaussette c'était le nom qu'elle donnait depuis toujours à sa sœur aînée, Josette c'est pas un nom ça pour une fille si belle lui avait-elle lancé un jour. Sa sœur lui avait tenu lieu de mère, de père, de meilleure amie, de tuteur pour l'état-civil. Sa sœur dont elle ne pouvait se passer. Sa sœur qui n'avait pas que ça à faire, qui avait un mari gentil mais faut pas pousser, des jumeaux adorables et casse-cou, une maison à faire tourner, un travail prenant dans les assurances. Manon ne savait jamais si c'était dans les assurances ou les mutuelles, mais quelle importance.

Elle se coucha en travers du lit en pensant à Lucas, Lucas qui allait dormir à l'étroit sur le canapé de Chaussette. Lucas qu'elle aimait et qu'elle ne comprenait pas toujours. Lucas qui l'aimait et qui ne la comprenait plus du tout. Elle se dit qu'elle était trop égoïste, qu'il serait grand temps de faire un effort où Lucas se lasserait et partirait. Toute la nuit elle s'agita et finit par prendre un somnifère de plus.
Elle arriva au magasin, essoufflée et très en retard. Convoquée au bureau du personnel elle écopa d'un blâme et haussa les épaules.
Toute la matinée son téléphone avait vibré dans la poche de son jean. Chaussette, quel pot de colle celle-là avait-t-

elle pensé, excédée en faisant glisser ces saletés de marchandises sur le tapis roulant !

C'est seulement à l'heure de sa pause, qu'elle s'était décidée à rappeler.

Après elle ne souvenait de rien. Un blanc. Un grand blanc. Le vide, l'horreur, les mots qui s'acharnaient sur elle, vrillaient sa tête, martyrisaient son pauvre corps retors. Les explications saccadées de Chaussette, ses pleurs, l'incompréhension et la culpabilité à jamais ou l'oubli total. Elle avait tranché pour cette dernière solution, sans le vouloir vraiment, son esprit déjà malmené ne pouvait absorber cette fatalité, cette épreuve supplémentaire.

Dix ans plus tard.

Chaussette est encore là, fidèle, elle vient dès qu'elle peut, même en dehors des visites. Mais Manon ne sait pas, ne sait plus quel jour, quelle année on est. Les jumeaux viennent parfois jusqu'aux grilles du parc, mais ils n'ont pas le droit de pénétrer l'établissement. Manon aimerait bien les voir, toucher leurs cheveux si blonds, jouer avec eux à cache-cache dans les couloirs, comme elle faisait avant dans les rayons du magasin, mais ils n'ont plus envie de jouer avec elle. Leur voix est devenue grave, leurs yeux chagrin et ils la regardent bizarrement.

L'infirmière distribue les cachets, elle reste plantée là près du lit tant que Manon n'a pas tout avalé. Il fait beau. Tout est blanc, lumineux, aussi blanc que l'intérieur de son cerveau. Manon est si fatiguée, mais elle irait bien se promener avec Chaussette et les jumeaux et le nouveau chien. Il s'appelle Nestor le nouveau chien, il a l'air d'un rasta avec ses tresses et son bandana rouge. Manon aurait aimé avoir un chien à elle, mais maman n'avait pas voulu. Maman détestait les bêtes, les poils, les pipis, les cacas, maman n'aimait que son piano et son cher mari. Elle se fichait bien de ses petites filles, elle ne vivait qu'à travers la musique, pour la musique et pour leur père, ce dieu vivant pourvoyeur de cadeaux et de fantaisie. Leur père cet inconnu qui gérait des banques, qui s'absentait si souvent, qu'il reconnaissait à peine ses filles quand il rentrait de voyage. Dix ans séparaient les deux sœurs. Elle, Manon, n'était que l'accident de pilule. Maman n'avait pas voulu d'elle, elle dérangeait l'ordre établi, elle braillait jour et nuit, vomissait tous ses biberons, laissait traîner ses jouets, gribouillait les partitions de maman, s'échinait à être désagréable, maman ne supportait plus. Chaussette la prenait sous son aile, changeait même ses couches, parce que maman ne supportait pas les odeurs non plus.

Maman caressait les touches de son cher piano, mais que distraitement la chevelure dorée de la petite Manon.

Elle avait juste onze ans quand maman et papa s'étaient donné la mort en s'empoisonnant au cyanure. Maman atteinte d'une tumeur au cerveau, n'en avait plus pour longtemps, papa était revenu de Suisse dès qu'il avait su. Papa ne dormait plus, ne travaillait plus, ne se rasait plus, il passait ses journées allongé à caresser le visage de sa femme, à la prendre dans ses bras, il ne pouvait que constater et pleurer, pleurer sur l'inexorable dégradation de son épouse. À travers ses larmes, il ne voyait rien ni personne et pas ses filles non plus. Une nounou s'occupait d'elles et elle dormait sur place. Il fallait le silence absolu. Le piano s'était tu. Personne n'avait le droit de l'ouvrir.

Est-ce lui qui avait eu l'idée, ou elle ? Ils avaient laissé une longue lettre, des papiers en ordre et signés et de l'argent placé pour que Manon fasse des études, si elle voulait. Ils avaient laissé ce vaste appartement et des collections de peintures et d'objets précieux qui dormaient dans des coffres-forts mais que personne n'admirerait jamais.

Chaussette avait un moment interrompu ses études de droit pour s'occuper de Manon, elle avait l'âge, la maturité nécessaire, un amoureux transi qu'elle allait épouser.

Et puis, il y avait eu Lucas, Lucas avec ses chansons, son air doux et ses cheveux noirs de gitan qui tranchaient avec la blondeur de Manon. Lucas et ses mains d'artiste qui pétrissaient la glaise et le corps de Manon. Manon n'avait pas fait d'études, elle ne pouvait pas. Les mots ne restaient pas en elle, ils la fuyaient, elle ne pouvait rien apprendre, rien retenir. Mais elle avait voulu travailler quand même pour ne pas être à la charge de Chaussette et prouver qu'elle était capable de mener une vie presque normale, même si elle ne savait pas vraiment ce qu'était une vie normale. Le magasin c'était bien au début, elle voyait du monde, elle aimait bien voir défiler toutes ces têtes différentes, les gens lui disaient bonjour quelquefois et lui envoyaient des ondes positives. Mais d'autres étaient hargneux, pressés, fatigués, ils lui donnaient juste envie de pleurer, pourtant elle ne leur en voulait pas. Elle oubliait. Le soir elle n'en pouvait plus des gens quand même, du bruit, de la lumière crue, de la voix nasillarde et insistante des haut-parleurs, des odeurs répugnantes de toute cette nourriture.

Manon qui ne voulait plus sortir de chez elle, se réfugiait dans la musique, dans les notes qu'elle ne retenait pas, qu'elle n'avait jamais pu apprendre non plus. Le solfège était pour elle une langue étrangère et pourtant amie. Elle pouvait écouter vingt fois le même morceau et le trouver toujours aussi beau

Chaussette s'en veut, dix ans après, elle s'en veut

encore. Elle aurait dû insister pour que Lucas reste avec Manon cette nuit-là. Ainsi il n'aurait pas été obligé de prendre le métro le lendemain matin et de croiser la route de ces fous. Une rixe avait dégénéré et quelqu'un avait bousculé Lucas alors que la rame arrivait et Lucas tout entier perdu dans ses rêves n'avait rien vu venir, Lucas avait succombé avant d'arriver à l'hôpital. Lucas qu'elle aimait comme son petit frère, Lucas qui ne voulait que vivre, chanter, aimer sa Manon comme elle était, un peu fragile, un peu lunaire, un peu cinglée, Lucas qui disait la protéger toujours quoiqu'il arrive. Lucas avait failli !

Manon transite d'une maison de soins à une autre, entre deux crises, elle habite parfois chez sa sœur, elle a sa chambre maintenant, mais elle énerve les jumeaux et même le chien Nestor qui ne veut plus donner la papatte ni jouer à la baballe. Manon écoute Chopin du soir au matin et s'imagine des choses, une vie nouvelle avec un certain Jean Frédéric. Seule la musique adoucit ses mœurs, mais jusqu'à quand ?

Canicule

– J'n'ai pas soif et il me force à boire. Je n'ai pas soif !
Répéta la vieille dame. Or après ma sieste, le voilà qui
débarque avec sa bombe de malheur et qu'il m'en fiche
plein les yeux sous prétexte de me rafraîchir. J'aime pas
avoir de l'eau dans les yeux, continua-t-elle. Ça remonte
à longtemps, déjà petite, je me cachais quand ma mère
sortait la bassine pour me laver les cheveux. Et je peux
te dire que c'était pas une mince affaire car alors j'avais
les cheveux jusqu'aux fesses, oui jusqu'aux fesses, je
pouvais même m'asseoir dessus. Dis-lui toi, toi il
t'écoute ma belle.

La vieille dame soupira, semblant happer un peu d'air
afin de continuer son discours. Elle laissa fondre son
regard au-delà des vitres closes, puis elle leva les yeux
au ciel, comme pour une prière muette. Elle continua sur
sa lancée, comme si elle parlait toute seule, tandis que de
l'autre coté de la cloison, une jeunesse aux cheveux
mordorés préparait du thé devant un évier d'inox rutilant
comme une patinoire.

– Tu sais, ma Rose, qu'il ne répond même plus quand je
lui cause. Des fois quand même, il s'excuse : « Je ne me
préoccupe que de ta santé maman » qu'il me dit... tu

parles ! J'ai l'impression qu'il me croit increvable, il pense que seuls les vieux cons meurent de solitude et de chaleur. Et quand j'ose dire que personne n'est éternel, il rétorque : « tu nous enterreras tous ». C'est gai. Lui, le pauvre, c'est comme s'il vivotait dans un univers fait de tristesse et je suis bien certaine qu'il pense encore à ce sale type. Un jour, il a grogné avec une sorte de rage qui m'a terrifiée : « faudrait débarrasser la planète de tous les saligauds de son espèce, quand je pense qu'il n'a fait que trois mois de taule. C'est trop dur, Maminette de continuer sans elle ! Dire que ce type mourra gentiment dans son lit, lui.

– Mamie, t'en as pas marre de m'assener toujours le même refrain à la fin. Il t'aime plus qu'il ne le croit lui-même, tu veux qu'il te fasse une déclaration d'amour à chaque fois qu'il vient ? À quoi ça rime. Il ne vient pas par obligation, il vient parce qu'il ne peut pas faire autrement, il veut se rendre compte par lui-même que tu vas bien, que tout va comme tu veux. Et puis, ça le tranquillise d'être ici, dans cet appartement. Il se sent en sécurité avec toi, moi aussi, je suis bien ici, sinon j'irai ailleurs, peut être à la piscine avec les copines.

– Je comprends, ma chérie, je comprends sa souffrance mais, on ne peut plus rien y faire maintenant, et lui, il refuse de se résigner, ce n'est pas ça qui fera revenir ta pauvre maman. Si seulement il baissait les bras ça le soulagerait peut-être, il pourrait refaire sa vie. Moi, je ne peux rien faire pour lui, ma chérie, rien que l'aimer, l'aimer ! Le voir dépérir de chagrin, c'est trop pour mon âge !

Avant de partir, maintenant, il termine par un bulletin météo à sa façon « ça va bien finir par se tasser, cette grosse chaleur qu'il lance, après on va pleurnicher parce qu'il fait froid ou trop gris ou qu'il pleut des cordes »… tu vois, il me parle, comme s'il demandait une baguette bien cuite à son boulanger, sans penser à mes lendemains qui déchantent.

Léonie pouvait soliloquer longtemps, c'était une de ses activités favorites, mais elle s'arrêta un instant, reprit son souffle et continua un ton en dessous.

– Et puis j'en ai marre qu'on me parle que de cette canicule. Tout le monde n'a que ce mot à la bouche, la canicule par-ci, la canicule par-là, la canicule qui fait partir les vieux plus tôt ou plus tard, qu'est-ce que ça change... hein, faut bien partir un jour, ma Rose. Dis-lui qu'il arrête avec ces bombes de malheur, pas d'eau dans les yeux j'aime pas ça !

– Ça va, mamie, je lui dirai, là tu te plains et t'avais juré que toi t'étais pas comme toutes ces vieilles biques et que tu radoterais jamais, tu t'en souviens ? Eh bien je te le dis gentiment, mais je te le dis quand même : tu râles, tu rouspètes et... Tu radotes, dotes, dotes chantonna Rose sur un ton badin. Bon, papa te mettra plus d'eau dans les yeux, promis, juste sur les bras, les bras, ça te va, les bras ? C'est pour ton bien, il veut bien faire, il ne sait pas comment t'aider à supporter, il est si seul, mamie, mon pauvre petit papa.

Mais boire, c'est important pour toi, même si t'en as pas envie, mamie, surtout si t'en n'as pas envie. Faut te forcer, une petite gorgée par-ci, une petite gorgée par-là, tu voudrais pas finir comme Toutankhamon, devenir une momie toute desséchée ?

Rose tendit d'abord un verre d'eau fraîche à Léonie, puis un boudoir et enfin la tasse de thé fumant et la vieille dame fit une moue dégoûtée.

– Madame préférerait un Porto, je comprends va. J'en apporterai si j'en trouve dans la réserve de papa, faudra juste le planquer pour pas qu'il tombe dessus. Après tout, quand on a atteint un âge respectable, on ne devrait plus rien se refuser. Mais je me méfie, il pourrait m'accuser de t'inciter à la débauche. Déjà que des fois, il me dit comme ça, ta grand-mère est juste un peu toquée, mais ça va lui passer. Manquerait plus que ça, qu'il pense que t'es devenue une alcolo, à cause de moi. Ma pauvre mémé.

La jeune fille mima un ivrogne titubant et se cognant aux portes.

– En attendant, trouve-moi une planque pour le Porto, et une bonne, sinon ça va chauffer pour mes oreilles !

– Arrête de te moquer, lança la vieille femme en riant à s'en étouffer, la flotte ne me vaut rien, tu sais. Ça me dilate l'estomac, ça gargouille comme dans une bouillotte à moitié vide, et puis je n'arrête pas de me lever la nuit avec tout ce qu'on me force à avaler. Je fais pipi dix fois par nuit, tu crois que c'est drôle, de se lever comme ça à mon âge ! Après, je peux plus me rendormir, et je tourne et je vire dans mon lit, à décompter les heures. J'entends le premier métro sur le boulevard, et tous les autres ensuite et je repense à ma vie, au théâtre où c'était si merveilleux. Je pense à ta petite mère au paradis, et à ton idiot de père, oui oui, j'ai bien dit, ton idiot de père, tu sais ce que j'en pense, même si on me prend pour une bécasse parce que j'ai le bon âge pour mourir ! Mais, j'ai aussi le bon âge pour dire les choses, sans prendre de gants avec personne, c'est l'avantage de l'âge.

– Tu vas pas mourir maintenant, maminette, y a pas une femme de ton âge, si pétante de santé dans tout le 14ème, t'es super, sublime, comme si tu le savais pas ! Mais si, je le pense, regarde comme t'es belle ! Regarde, je te dis, demain je te prends en photo, t'as intérêt à mettre ta robe du soir.

Rose tendit un miroir à Léonie et la vieille dame haussa les épaules, en regardant sa figure fanée.

– J'ai l'air comme ça, comme tu dis, ma jolie Rose mais à l'intérieur, c'est tout cassé, tout pété comme ils disent les jeunes. Je yoyote, j'entends des voix, je vois des fantômes. Des fois je paie et j'oublie la moitié de mes courses au Monoprix. Et pourtant j'avais une sacrée mémoire, je pourrais encore te réciter par cœur, des pans entiers du Cid, mieux que n'importe lequel vieux croûton de ma génération. Demande-moi n'importe quoi, tu vas voir ! Bon, tu ne veux rien entendre, je vois que je t'ennuie, mais comme il n'y a plus que toi qui m'écoutes quand je parle, enfin, pour ce que j'ai à dire, je ferais peut-être mieux de me taire, et de plus rien dire du tout, de plus ramener ma fraise. Comme ça j'embêterai plus personne.

– Tu m'embêtes pas mamie, s'il te plaît après ta soupe, fais-moi plaisir, oublie ton fauteuil ! On va bouger, fait plus frais dehors. On fera juste un mini-tour. On va aller jusqu'au petit square, se faire encore asperger par l'arrosage automatique. C'était marrant l'autre fois, hein mamie, qu'est-ce qu'on a rigolé… quand ça s'est mis à gicler de tous les côtés, et puis, la tête des passants, quand on est rentré trempées et dégoulinantes, ça valait le détour. Papa a raté ça, j'aurai dû apporter mon appareil photo. Au moins t'as eu ta dose de flotte pour la journée.

Léonie, se leva, devant tant d'obstination juvénile et elle chercha sa canne.

– Tu l'as encore planquée, j'avais dit que je la voulais près du fauteuil.

– Pour mieux te prendre les pieds dedans, comme l'autre soir, que tu l'as même pas vue, heureusement que je t'ai rattrapée à temps, sinon on était quitte pour une fracture du col du fémur.

– Oh, ça va la donneuse de leçons, écrase un peu et respecte les vieux !!!

– Maminette chérie, je t'assure que tu dormirais mieux, si tu marchais un chouïa. Un peu de courage et puis, laisse donc cette télé, il y a rien que des trucs débiles dans ta télé, et tu t'esquintes la vue. Tiens si tu veux, demain, on fait une séance photos de stars et je te prête mon vieux walkman avec de vraies cassettes de derrière les fagots, des comme on n'en fait plus.

– J'apprécie pas trop ces trucs mous dans les oreilles, tu sais et puis je l'aime bien moi, ma télé débile, comme tu dis. Quand t'es pas là, ça m'occupe, j'ai plus la force de faire autre chose que de regarder des imbécillités à la télé. Avec mes rhumatismes aux mains, je ne couds plus, je peux plus lire non plus, à part les gros titres du journal. Et puis il n'y a plus que des mauvaises nouvelles, des horreurs et des cataclysmes sur toute la planète ou de la politique de zut... Au bout de cinq minutes, les lignes se mélangent et ça me donne le tournis. Oh, comme j'aimais lire autrefois, enfin quand il me restait du temps libre ou aux vacances d'été. Regarde ces piles de livres, ça n'intéresse plus personne, ces vieilleries ! Je ferais aussi bien de donner tout ce fatras aux Petits Frères des Pauvres. Alors, si j'ai envie de regarder la télé, c'est mon affaire. D'ailleurs laisse-moi tranquille vilaine fille, ça va être l'heure de mon feuilleton. Et donne-moi cette télécommande que j'augmente le son, tu fais rien que du bruit !

– Bon, j'aurai essayé, j'aurai fait ma B.A, mais puisque tu veux pas venir faire un tour, tchao ma Maminette adorée, super têtue, tu me diras comment c'était ton histoire, je repasse demain, même heure. Je suis sûre que même toi, tu t'y perds dans leurs biographies à la noix.

– C'est vrai, je m'y perds, mais ça me distrait. Allez file, mauvaise graine.

Rose claqua un baiser sur les joues poudrées, puis, elle caressa les cheveux argentés de son aïeule, sourit aux anges, et avec une certaine fierté, contempla son image juvénile dans le miroir en pied de l'entrée. Elle cambra sa taille de guêpe, remit un chouchou de velours noir dans ses cheveux ambrés et défroissa les plis de sa jupe courte. Elle rajouta : c'est vrai qu'on a un air de

ressemblance sur cette photo de toi, là, c'est frappant !
Tu me le donneras ce portrait hein, avant de rendre ton
âme au diable !

Elle rit, et s'échappa en fredonnant un air à la mode,
glissant à pas légers sur un parquet trop bien ciré limite
dangereux.

Rose aimait l'ambiance surannée qui se dégageait de ce
vieil appartement haussmannien. Elle connaissait tout
des milles babioles accumulées derrière ces vitrines
opaques. Toutes ces choses posées en équilibre instable
sur ces étagères qui accrochaient lentement mais
sûrement la poussière.

Depuis qu'elle était bébé, elle adorait venir ici, c'était
pour elle un repaire, son pays de tendresse, hors des
malheurs, hors du temps. De tête, Rose aurait pu faire
l'inventaire du moindre objet, chaque souvenir ayant sa
propre histoire, qui variait selon l'humeur de la vieille
dame. Chaque dessin avait une valeur sentimentale,
chaque tableau sa légende. Des cartes postales écornées
étaient punaisées sur les murs de la cuisine, ou scotchées
sur le frigo ronflant et c'était difficile de passer à côté
des photos dédicacées de comédiens morts depuis belle
lurette et dont la plupart étaient inconnus du grand
public, mais pas de Rose. Quant aux collections de
livres, Rose aimait en caresser les reliures dorées,
tourner les pages que d'autres avaient tourné avant elle.
Parfois elle y retrouvait même une mèche de cheveux ou
un trèfle à quatre feuilles déshydraté.

Rose supportait aussi les odeurs de cuisine, cette cuisine
peu raffinée de vieille femme, comme le bouillon cube et
le poulet-vermicelles tout cela intimement mêlé aux
effluves d'encaustique et ça lui chavirait toujours autant
le cœur. Elle était chez elle, dans cet antre intime, ce
fouillis organisé, elle y venait presque chaque jour
depuis le début des vacances, comme on vient à un
rendez-vous galant. Elle y venait avec un réel plaisir,

parce qu'elle chérissait celle qui en était l'âme, la vieille frondeuse qu'avait été sa grand-mère paternelle.

Elle savait que son passage éclair redonnait du baume au cœur à la vieille dame, l'encourageait à se pomponner et à rester coquette. Quant elle le pouvait, elle l'accompagnait chez le coiffeur, le même coiffeur depuis quinze ans. C'était la sortie du vendredi. Léonie s'y faisait laver les cheveux et coiffer pour être belle le week-end. Ses mises en plis étaient soignées et aucun cheveu ne devait dépasser de l'ordre dans lequel on l'avait placé.

Léonie aimait que sa petite fille vienne à l'improviste, quand bon lui chantait. C'était toujours une délicieuse surprise, et rien que pour elle, elle revêtait des vêtements propres, se parait de robes fleuries qui dataient un peu, mais qui lui allaient comme une seconde peau. Et rien que pour les yeux pétillants de Rose, elle faisait l'effort de ne pas se laisser aller à l'habitude, l'habitude et la grisaille, tueuse de vieilles dames.

D'ailleurs, Léonie n'avait jamais été du genre à baisser les bras devant l'adversité. Elle l'avait prouvé, quand à moins de trente cinq ans, elle avait dû élever seule ses deux enfants et s'occuper de ses deux demi-frères devenus orphelins.

C'est à partir de ce moment qu'elle avait été obligée de trouver du travail et parce qu'elle savait coudre, qu'elle avait du goût, le Théâtre l'avait embauchée pour remplacer une jeune arpette qui venait de tomber enceinte au bout de six mois de contrat. Veuve de cheminot, Léonie touchait déjà une maigre pension, hélas insuffisante pour faire vivre décemment ses frères et ses bambins à elle. Ce travail inespéré était une aubaine et juste à deux pas de chez elle. Elle avait pu garder l'appartement qui appartenait à la SNCF et dont le loyer était encore raisonnable. Elle se faisait un point d'honneur à être toujours la première au travail. Pendant les essayages, elle papotait, riait comme une collégienne, malgré les deuils qui avaient touché sa famille, elle savait mettre de côté ses problèmes personnels, restait de bonne humeur et plaisantait avec les plus illustres artistes. Léonie ne se plaignait de rien, et surtout pas d'avoir faim, pourtant elle ne prenait pas le temps de s'accorder des pauses. Et trop souvent, le nez plongé dans un costume phrygien, ou une somptueuse robe de dentelle, elle en oubliait de manger.

À peine rentrée, sa journée n'était encore pas encore terminée. Léonie devait vaquer sans bruit à différentes taches ménagères au milieu de la nuit. Elle ne se couchait qu'après deux heures du matin, alors les enfants s'habituèrent à se débrouiller seuls, à être autonomes et à filer à l'école à l'heure, sans que quelqu'un soit derrière eux. Ils avaient le devoir de ne pas la réveiller aux aurores. Mais, ils ne mangeaient pas à la cantine, à midi, car Léonie tenait à ce qu'ils prennent leur repas tous ensemble au moins une fois par jour, même si, ça lui demandait davantage de travail et une organisation draconienne.

Léonie considérait qu'elle avait eu de la chance malgré tout. Elle adorait son travail même si la paie des débuts, était loin d'être à la hauteur du temps passé au théâtre. Mais il y avait des compensations en nature, une boite de chocolat entamée qu'on lui cédait volontiers pour ses petits, des reliefs de gâteaux après un pot entre acteurs, ou des petits fours rassis et à demi écrasés. Léonie rapportait tout sans complexe et récupérait des fonds de bouteilles, avec lequel elle faisait du vinaigre assez infect finalement, mais un vinaigre tout de même. Elle se permettait même d'en offrir à la concierge. Léonie se contentait de peu, économisait sur tout. Elle avait l'art de confectionner ses propres vêtements avec des rogatons, des frusques jetées au pilon, irrécupérables pour d'autres.

Dans de vieilles robes de soie mitées qu'avait porté une

star du moment, elle parvenait encore à tailler une chemise pour l'aîné, une cravate ou un nœud papillon mignon ou encore un morceau de jupe pour la benjamine. Et si les autres enfants, à l'école paraissaient mieux habillés, les siens avaient toujours ce petit quelque chose de pimpant, qui les distinguait de loin, un zeste d'originalité ou de folie. Alors si les couleurs juraient ou étaient passées ou verdies, ce n'était pas grave. Les vêtements étaient repassés et l'étoffe précieuse gardait un soupçon d'éclat, un air de grands soirs, de fête perpétuelle, les reflets des lustres d'antan, quand le théâtre affichait complet et qu'on jouait à guichets fermés.

Ces jours-là, Léonie les vivait dans une certaine fébrilité, il ne s'agissait pas que la couture d'un pantalon craque en pleine représentation. Elle savait coudre, créer, inventer, et aussi découdre encore plus vite que son ombre, réajuster sur n'importe qui, n'importe quel costume et les comédiens pouvaient compter sur ses talents d'improvisation quand ils prenaient un peu d'embonpoint, ou perdaient trois bons kilos avant la générale.

Léonie était prête à en découdre, une série d'aiguilles épinglées au travers de son corsage, les ciseaux accrochés autour du cou. Sans faiblir, avec la même grâce et la même bonne volonté, elle remédiait à toutes sortes de problèmes jusque dans les coulisses où elle devint vite indispensable.

C'est seulement vers la fin de sa carrière, qu'elle fut nommée responsable d'un peloton de petites mains.

À force d'assister aux répétitions, Léonie connaissait les textes mieux que les acteurs eux-mêmes. Jamais elle ne se faisait prier pour aider un tel à réviser, même si ça devait durer et dépasser le cadre de ses horaires. Alors les jours de relâche, d'une voix assurée, elle entonnait la drôle de musique de Molière ou de Racine avec une certaine emphase et ses enfants l'écoutaient béats, comme si elle racontait des histoires d'un temps imaginaire. Les copains des enfants rappliquaient pour l'écouter déclamer des vers. Ils en ouvraient tous de ces mirettes, quand elle jouait les stars d'un jour, ils lui disaient alors qu'elle aussi aurait pu faire l'actrice, mais elle n'aurait jamais osé sauter le pas.

Et Dieu, comme c'était loin ce temps-là.

Son fils Jérémie, était bien le seul de ses deux enfants à passer régulièrement la voir. Surtout depuis l'accident mortel de son épouse, heurtée par un chauffard. Jérémie qui avait toujours été rondouillet avait alors perdu quinze kilos et sans doute aussi le goût de vivre. Heureusement qu'il y avait Rose pour les obliger à tenir tête au destin. Rose était comme une fée bienfaitrice pour eux tous, une sorte de farfadet en mouvement perpétuel, Rose cachait ses souffrances secrètes dans le giron de sa grand-mère, derrière une énergie rare et une bonne humeur contagieuse.

Elle savait d'instinct comment rendre la vie lumineuse autour d'elle. Elle était la plus douée de ses trois petites filles, celle en qui elle s'identifiait le plus, c'était la plus fantaisiste, la plus drôle, la plus raffinée, la plus... Il n'y avait pas de mots qui soient assez beaux, pour dire combien elle aimait cette gamine qui lui ressemblait tant, finalement. Il lui semblait que Rose n'était qu'un ange envoyé du paradis pour donner du piment à une destinée, pas vraiment rose. Œuvrant avec une grâce naturelle et une intelligence fine, Rose disait qu'elle serait danseuse ou comédienne, elle ne savait pas encore, mais elle possédait en elle tant de talents insoupçonnés, et puis à seize ans à peine, sait-on vraiment de quoi l'avenir sera fait ?

Léonie, elle, était l'amie, la confidente, plus qu'une grand-mère, elle connaissait les secrets, les regrets, les rêves que jamais elle n'aurait divulgués à quiconque et surtout pas à son père. Léonie gardait un petit pécule pour Rose et son testament était à jour. Rose était bien la seule personne au monde avec laquelle, elle pouvait encore bavasser des heures, rire et se moquer de tout, ou pleurer sans pudeur en silence, aucun sujet n'était tabou entre elles. Avec l'âge qui n'arrangeait rien des petits tracas et des misères, Léonie se forçait à rester digne et la plus agréable à voir. Chaque effort, elle le faisait pour Rose, pour lui faire plaisir. Il fallait qu'elle l'entende chanter, rire et virevolter dans son appartement qui semblait devenir plus compact, plus étouffant au fils du temps.

Léonie n'allait plus dans certaines pièces, le petit salon violine, celui que Rose préférait, celui qui restait obstinément fermé, obscurci de volets... et avec cette canicule, il lui semblait vivre dans la pénombre en permanence, alors qu'elle n'appréciait rien tant que la lumière. C'est vrai que ça en devenait insupportable cette chaleur qui plombait Paris, étouffait les vieux, déshydratait les bébés, rendait malades les plus fragiles.

Jérémie avait installé un climatiseur, mais Léonie trouvait que l'engin faisait vraiment trop de barouf. Parfois, il refroidissait tant, qu'elle en avait des frissons partout et s'enrhumait, alors le décalage avec dehors devenait plus intolérable encore. Elle ne l'allumait que quand Jérémie annonçait sa venue, et dès qu'il était sorti, dès qu'il avait franchi le porche de la courette, la vieille dame l'éteignait aussitôt. Jérémie croyait indispensable d'entasser des bonbonnes d'eau et des brumisateurs dans le cagibi de la cuisine, quant un simple gant de toilette et une bassine d'eau auraient fait l'affaire.

Léonie avait pris l'habitude de se lever aux aurores depuis qu'elle ne travaillait plus, histoire de changer des horaires d'une vie laborieuse et en décalé, du temps d'avant où elle n'émergeait jamais avant dix heures, voire onze heures du matin. L'âge venant, elle adorait sortir de très très bon matin. Elle profitait ainsi de la quiétude de la ville avant la ruée dans les transports et la frénésie des automobilistes devenus de plus en plus encombrants et parfois fous. Elle se délectait du gazouillis audacieux des merles et du roucoulement des pigeons. Elle aurait bien aimé acheter sa demi-baguette dès six heures, mais alors, aucun magasin n'était ouvert. Elle se souvenait du temps où les boulangeries ne fermaient presque jamais, où l'on pouvait sortir d'un spectacle à des heures indues et se régaler de croissants chauds et moelleux, et même prendre son pain au passage, si on connaissait un tant soit peu le patron. Il suffisait pour cela de passer par l'arrière du magasin, avant l'heure d'ouverture officielle !

Maintenant, avec leurs fichues RTT, les gens travaillaient moins mais on n'ouvrait les boutiques que fort tard. Les jours de marché, Léonie arrivait dans les premières, elle zigzaguait laborieusement entre quelques camions ou des montagnes de cartons et de caisses, et tous les étals étaient encore vides. Les maraîchers pestaient, n'ayant pas encore fini de déballer, ni d'installer leur fameuse balance. C'était tout juste, si elle ne se faisait pas bousculer. Faut revenir plus tard, ma petite dame, qu'ils disaient, là on n'a pas le temps de s'occuper des clients, c'est dix fois trop tôt. De temps à autre, elle tombait sur un gars sympa, qui lui donnait juste ce qu'elle voulait, trois oranges, deux bananes, et lui disait de revenir plus tard, pour régler ses achats.

Comme si, elle pouvait revenir plus tard, déjà que ça faisait une trotte pour venir. Elle n'avait pas très envie de prendre le métro, pour une seule station, même si la ville de Paris, lui offrait la gratuité pour tous les transports en commun. Ces flopées d'escaliers à monter et à descendre, c'était si épuisant.

Ce matin-là, Jérémie débarqua au petit déjeuner, il avait

apporté des croissants et le journal. Léonie pensa que ça n'était pas bon signe... Il avait sans doute une mauvaise nouvelle à annoncer.

– Rose, ne pourra pas venir aujourd'hui, finit-il par lâcher en buvant son café. Aussitôt le cœur de la vieille femme avait fait un bond dans sa poitrine, mon Dieu, que lui arrive-t-il avait-elle bredouillé, presque au bord des larmes.

– Rien de grave maman, mais embêtant, elle s'est fait une entorse à la cheville, pendant son cour de danse. Le médecin dit qu'elle doit se reposer sans trop marcher trois semaines durant ! Moi, je viendrai, si tu veux. Je peux bien la remplacer un peu, on n'a rien à faire en ce moment au bureau. Tout le monde est parti ou presque, et ça tourne au ralenti. Rose m'a dit de t'embrasser très fort, et elle te réserve une surprise. Si tu bois bien toute la flotte que je t'apporte m'a-t-elle dit, et si tu marches dix minutes par jour, au moins. Je blague !!!

Allez va, c'est pas si dramatique, elle va te téléphoner... Pour l'instant elle dort, un peu assommée par les médicaments, mais dès demain, ça ira mieux ! Tu veux quelque chose de spécial en attendant, d'autres journaux, des fruits frais, des magasines ?

– Non, non je ne veux rien, j'ai tout ce qu'il me faut. Dis-lui de bien se reposer, de ne surtout pas forcer où ça mettra plus de temps à guérir, une entorse mal soignée, ça peut faire des dégâts. Alors elle se repose, hein, dis-lui, de rester le pied en l'air avec de la glace dessus.

– Mais oui, elle le sait, c'est ce qu'a dit le toubib, glacer le plus possible. Ça me fait deux tournées, au lieu d'une... Elle devrait peut-être venir se reposer ici, qu'en dis-tu ? Je ferai d'une pierre deux coups. Je vous bichonnerai toutes les deux, mais ça ne va pas être possible, il y a son chat, elle ne voudra pas laisser son chat, moi je ne suis pas vraiment chaud pour m'en occuper de ce minou, il est si petit, ça demande du temps et de l'affection ces bêtes-là.

– Moi, je me méfie des chats, à mon âge il pourrait me faire tomber, mais si ça peut arranger Rose, je suis prête à faire l'effort, plus on est de fous… Mais tu crois que ça va être drôle pour cette petite de vivre avec la vieille toquée qui se lève dix fois la nuit, qui tourne, qui vire. Bon j'y réfléchis et je te dis.

– Ok maman, je transmets…

– Et si après, je vous emmenais toutes les deux, vous reposer en Normandie, il parait qu'il fait bon à Granville, ça te dirait, un petit voyage, des petites vacances en somme ?

– En Somme ou en Manche, faudrait savoir ? dit Léonie toute fière de sa trouvaille. Et qui va s'occuper de nous, si la petite ne peut pas marcher ?

– Pour l'instant elle ne peut pas marcher, mais d'ici huit, dix jours, elle va cavaler avec ses béquilles, en faisant attention où elle met ses pieds, et puis l'air de la mer, ça vous donnera un peu de couleurs, hein, à toutes les deux d'ailleurs, et il fait plus frais sur la côte ! Allez dit oui, et je m'occupe de tout.

Tout d'un coup, Léonie pensa que c'était une bonne idée, elle n'avait pas vu son fils si heureux de lui, depuis longtemps. Elle se dit, pourquoi, pas, et puis l'idée, de bouger l'affola un peu, changer ses habitudes, être loin de son home, de Paris, ça faisait un bail que ça n'était pas arrivé. Elle craignait de quitter son quartier, mais avec Rose à ses côtés, c'était autre chose, et puisque l'air serait moins étouffant, c'était tentant.

Bien sûr, elle pensa à sa fille Justine qui vivait en Normandie, et qui ne donnait pas souvent de nouvelles, sans doute pourrait-elle en profiter pour passer les voir avec ses enfants, Léonie ne connaissait même pas le dernier âgé de deux ans maintenant, elle n'avait vu que des photos.

Elle dormit peu cette nuit-là, elle eut même un petit

malaise de rien du tout, un léger voile devant les yeux, mais elle ne voulut pas inquiéter son monde pour des peccadilles, alors elle n'en parla pas. À quatre-vingt-sept ans, on a bien le droit d'avoir le cœur délicat. Elle accepterait le chat, et même de vivre ailleurs, ce serait comme des vacances, comme dans le bon vieux temps quand elle partait avec ses frères et les enfants, tous ensemble à la campagne.

Au matin, elle eut encore, un semblant de douleur du côté du cœur, mais elle se concentra sur sa joie de revoir la mer, et elle en frémit, de plaisir. La mer, ça faisait combien de temps, qu'elle ne l'avait pas vue, cette mer qu'elle aimait si fort ?

Juillet 2006, furent les dernières vacances de Léonie. Elle devait s'endormir un soir, pour ne jamais se réveiller.

Rose s'en souviendrait longtemps de ces vacances-là, comme un ultime présent de la vieille dame. Ce fut un festival de vie, de rires, des moments délicieux, les plus belles journées qu'ils passèrent tous ensemble. Justine fit un suprême effort pour les rejoindre, elle emmena sa tribu au grand complet. Presque tous réunis, ils évoquèrent le passé, firent des projets pour l'avenir des enfants, ils en passèrent de merveilleuses soirées, à profiter du paysage, à s'enivrer de vent décoiffant, à se délecter de montagnes de fruits de mer, à s'amuser de tout, à oublier ce qui était défendu, à boire trop de vin blanc pour accompagner les gros dormeurs aux larges pinces, à passer des heures à contempler le large et à faire des parties de scrabble inénarrables jusqu'à la nuit noire.

Léonie leur offrit une dernière représentation de sa voix devenue chevrotante, mais comme au bon vieux temps, elle retrouva les paroles qui coulaient en un flot intarissable.

De bien jolies vacances, tout de même, sauf peut-être pour le chaton de Rose qui dès le premier jour, tomba par la fenêtre du deuxième étage et se fracassa le cou.

La dernière

Marie-Jo peut se targuer d'un nom hors du commun, un nom certes un peu coton pour appréhender une vie calme et ordinaire, Marie-Jo a pour patronyme : « Dernière ». Elle est la première des filles Dernière. Un garçon est arrivé sur le tard après quatre filles, et celui qu'on n'attendait plus restera pour toujours le petit, le dernier des « Dernière ».

Marie-Jo est une enfant sage et appliquée qui évite de se faire remarquer. Mais parfois l'angoisse l'étreint, quand du fond de ses cauchemars, elle perçoit la voix de la directrice rugir et que revient la phrase qu'elle n'aurait jamais supporté d'entendre en vrai : Mademoiselle Dernière, eh bien, eh bien, vous voilà à la traîne ce trimestre. Je plains vos pauvres parents.

Rien ne fut simple pourtant pour Marie-Jo. Ses parents étant ouvriers et peu aisés, elle dut pour réussir, travailler deux fois plus que ses camarades, savoir ses leçons sur le bout des doigts, connaître ses départements par cœur et compter mieux que la boulangère. Les jeudis, au lieu d'aller voir Sylvain et Sylvette au patronage ou de courir avec les garnements du village, elle préférait réviser ses leçons ou lire. De son plus beau porte-plume, elle s'appliquait à tracer le contour de majuscules élancées et redoutait l'infâme pâté, qui l'aurait obligé à tout recommencer.

Au fil des années, alors que ses nattes s'allongeaient et que ses robes devenaient trop courtes, Marie-Jo devait serrer les dents. Même après avoir essuyé et rangé la vaisselle en rabâchant mentalement ses leçons, elle révisait aussi ses tables de multiplication. Il lui fallait gravir l'échelle de la société, se distinguer. Elle s'évertua à devenir la première des « Dernière », la meilleure d'une longue lignée de Dernière pour que la famille entière et même ses aïeux au cimetière se réjouissent de sa réussite et qu'elle puisse lever haut son petit menton, et mettre fin aux quolibets et lazzis.

Et parce qu'elle ne lésina pas, ni ne compta ses heures, elle obtint son certificat d'Études Primaires avec la mention « excellent », ce qui était une première dans le canton.

On organisa une fête pour la remise des diplômes, et c'est monsieur le Préfet en personne qui vint féliciter le phénomène. L'homme au visage rubicond qui aimait exhiber ses décorations au revers de son veston, serra joyeusement la main de la demoiselle Dernière, tandis que des flashs crépitaient pour la gazette locale. Plus tard, alors que Marie-Jo se désaltérait d'une orangeade et que le Préfet, lui semblait abuser du Mousseux, il vint vers elle et lui confia à l'oreille :

– Mademoiselle Dernière, connaissez-vous ce vieux dicton qui dit que « l'habit ne fait pas le moine » et il partit d'un rire étrange. Il avoua à une Marie-Jo médusée et confuse, se nommer lui monsieur le Préfet : Gaston Lapine.

Marie-Jo piqua un tel fard que ses parents s'interrogèrent. La fête battait son plein, et tout le monde, même les pires cancres étaient là. On jacassait gaiement, on demandait des nouvelles des uns et des autres, mais on félicitait surtout la jeune fille. Laquelle entendit derrière elle, des commères deviser ainsi :

– Il parait que la préfète n'en peut plus, vous vous rendez compte, encore enceinte, à son âge !

Et une autre de rajouter : « La pauvre, c'est y pas malheureux, treize enfants c'est déjà bien assez, même avec du personnel, pour sûr, un jour elle va y rester ! » Et toutes les commères de s'esclaffer !!!

Ce n'était pas les affaires de Marie-Jo qui pour l'instant se fichait bien de la marmaille du préfet. C'était son jour de gloire à elle, et son sourire déteignait sur le visage enluminé de madame Dernière, née Coiffé. Le père, en retrait, arborait une figure sereine comme il sied à un homme comblé.

Le frère et les sœurs qui étaient plutôt des paresseux finis, ne la ramenaient pas tant, pensant que si Marie-Jo y arrivait, ils pouvaient s'améliorer aussi et être dignes de leur sœur aînée. Pouvaient-ils eux aussi porter haut les couleurs d'un nom si éminemment injuste ? Mais les sœurs de Marie-Jo n'étaient pas si courageuses que ça. À treize et quatorze ans, elles espéraient seulement qu'un prince charmant vienne les délivrer du joug familial. Elles rêvaient en secret d'épouser un brave Le Normand ou un Lécuyer et traquaient tous les garçons qui avaient un patronyme décent. Elles se seraient même satisfaites d'un banal Forestier ou d'un Jacquet fort répandu dans la région. En fait, elles auraient fait feu de tout bois, plutôt que d'être la dernière des filles à marier, et de finir vieilles filles.

Marie-Jo ne pensait pas à se marier si vite et rentra au collège. C'est sans l'avoir vraiment cherché, qu'elle tomba amoureuse l'été de ses quinze ans, d'un certain

Charles Joly, pompiste de son état, qu'on disait joli garçon. Elle l'épousa trois ans plus tard, devant Dieu et devant les hommes pour le pire et le meilleur, mais surtout pour le meilleur. Désormais, elle n'aurait plus jamais à rougir de son patronyme.

Et c'est vrai qu'elle était jolie, ce jour-là, la nouvelle madame Joly dans sa longue robe de dentelle !

Un coq au vin

Ce soir-là, c'était un jeudi je m'en souviens bien, il faisait un froid polaire dans Paris et j'avais une faim de loup. J'étais à juste titre d'une humeur de dogue et j'aurais bouffé un âne et son ânon, sauf que j'aime trop les ânes pour en bouffer un jour. Une amie Corse m'avait affirmé que chez elle, on en faisait des saucissons et rien qu'à l'idée qu'on tue ces tendres créatures, j'étais écœuré.

Très remonté, je ruminais de sombres pensées, car depuis lundi dernier, rien ne tournait rond dans mon job et je voyais le week-end se profiler d'un air morose. Mes rendez-vous, un à un avaient été reportés et je n'étais pas certain de boucler mon budget du mois avec le peu de travail qu'on m'allouait en ce moment. Néanmoins, je décidai de me payer un petit gueuleton, mais comme je détestais manger seul, je téléphonai à une copine qui d'habitude adorait nos apartés et qui habitait à deux stations de métro. Elle m'aspergea de ses miasmes virtuels par portable interposé et je compris à sa voix embuée qu'il ne fallait pas compter sur elle avant un bail. Elle venait soi-disant d'attraper la grippe. Je lui conseillai de garder ses petites fesses au chaud, d'avaler un grog et l'assurai de ma plus vive sympathie et je raccrochai.

J'entamai alors la liste des filles susceptibles de m'accompagner dans mes libations, mais ce soir-là, étonnamment, ma gente féminine favorite avait autre chose à faire que d'entendre mes roucoulades. Or, comme le froid s'intensifiait et qu'une petite pluie verglacée astiquait déjà bien les trottoirs, j'entrai transi dans le premier restaurant venu.

De l'extérieur, on ne voyait que la buée, laquelle recouvrait entièrement les carreaux. Aussitôt je fus happé par l'ambiance cosy, submergé d'odeurs douteuses et guidé à une table libre par une petite femme replète et joyeuse au postérieur avenant. J'accrochai mon manteau humide à un perroquet des années vingt et m'écroulai dans une banquette rouge et moelleuse à souhait.

En face, un couple d'amoureux était fort occupé à se manger des yeux en se souciant peu du reste du monde. De temps à autre, l'homme plutôt ventripotent versait dans le verre de sa compagne, une blondasse décolorée, un trait de vin rouge, qu'elle portait à ses lèvres d'un geste lent et théâtral comme s'il c'était agi d'un crû rare et coûteux, alors que le menu du jour, d'après ce que j'avais pu apercevoir, dépassait à peine les vingt euros, vin compris. Je ne m'attendais donc pas à un miracle gastronomique, j'avais juste besoin de caler mon estomac qui émettait des borborygmes des plus cocasses que personne ne paraissait entendre à part moi.

Une musique d'ascenseur s'échappait de hauts-parleurs invisibles, je pensais alors qu'ils étaient emprisonnés dans de faux plafonds ou des poutres de polystyrène genre campagnard outré, qui ne dénotaient pas avec le reste du décor fané.

Je salivais en apercevant une assiette de petit salé, laquelle fumait agréablement à deux doigts de mon nez, tandis que les amoureux qui venaient juste d'en finir avec leurs entrées, réclamaient une seconde bouteille. Fichtre me dis-je, ça m'étonnerait que tu tiennes la distance, mon gros !

Enfin un serveur tout de noir vêtu et qui n'était pas loin de sucrer les fraises, apparut et fit mine de s'intéresser à moi. Je me plongeai dans la lecture d'une carte poisseuse, pris soudain d'un doute sur la qualité du gourbi. Il attendit que je passe commande, en se dandinant d'un pied sur l'autre... Je remarquai que sa paupière gauche tressautait de façon bizarre.

Fort marri d'apprendre qu'il n'y avait plus de petit salé, j'hésitais encore entre le coq au vin, l'andouillette moutarde et les moules frites, quand l'espèce d'échalas noir se gratta discrètement l'entrejambe, ce qui refréna un tantinet mes appétits. Mais à jeun depuis l'aube, j'avais réellement besoin d'un plat roboratif, et bien qu'incommodé par le tic de l'homme, mon instinct et ma dernière expérience en matière de moules, me poussèrent à choisir le coq.

Toujours bancal, le serveur oscilla en direction des cuisines, et je tentais d'ultimes coups de fil pour un après dîner feutré et plus si affinités. Mais ce n'était décidément pas mon jour et on me fit sèchement comprendre que j'avais refroidi certaines bonnes volontés et qu'il ne fallait pas prendre les enfants du Bon Dieu pour des canards sauvages ni tirer à vue sur les donzelles encore pubères. Message reçu cinq sur cinq, je rongeais mon frein et me vengeai sur le pain qui commençait à se racornir dans sa panière dorée.

J'attendis ma pitance en avalant cul sec, un premier verre de Chablis. Et si ce n'était dans ma nature de me décourager pour si peu, ni de me lamenter sur mon sort, j'en avais quand même gros sur la patate. Je décidai pourtant d'en finir rapidement avec cette bouteille de Chablis. Or bien avant que le coq ne se décide à atterrir dans mon assiette, j'avais déjà sifflé la moitié de la dive bouteille. Ne croyez pas que je sois coutumier du fait, en général, je ne bois qu'à bon escient et plutôt des grands crus. Mais une fois n'est pas coutume, puisque la soirée s'annonçait merdique autant aller jusqu'au bout et me saouler pour de bon. Je rentrerais en métro.

C'est alors que le spectre du serveur prit forme dans l'encoignure du bar et dès qu'il approcha de ma table, je vis illico que quelque chose clochait. Il se pencha pour poser l'assiette fumante de ses mains tremblantes et il tomba comme un sac de ciment d'une poulie, lourdement, et le nez en plein dans mon coq au vin. Raide ! J'ai pensé qu'il était mort, mais comment savoir, je n'avais aucune expérience en la matière, n'ayant jamais vu un seul macchabée de toute ma vie, sauf en photo ! Passablement anesthésié par le vin, je ne bougeai pas durant les cinq premières secondes, puis je poussai un cri qui fit bondir de leurs chaises les deux entichés d'à coté, déjà en piteux état. Dans son sillage, l'homme avait décoré d'une giclée de sauce maronnasse ma chemise blanche. Évidemment, elle et ma nouvelle cravate Gucci étaient foutues. Je bondis tel un cabri de la banquette et le défunt en profita pour terminer sa chute, et s'écrouler de tout son long sur la moquette, sans un bruit, sans un gargouillis, mais en éclaboussant au passage le bas de mon pantalon et mes nouvelles chaussures en daim.

C'en était trop. J'attrapai ma bouteille et la vidai d'un trait au goulot, et la petite femme replète et joviale qui ne riait plus du tout accourut : « Merde gémissait-elle, merde Marcel, me fais pas ça, relève-toi Marcel, fait pas le con » tandis que son rimmel se mêlait à ses larmes qui n'étaient pas de crocodile ! Elle avait beau lui tapoter les joues, lui soulever les pieds, lui desserrer sa ceinture qui ne lui servait à rien, Marcel était déjà aux abonnés absents, circulez y a plus rien à voir, il n'y a plus de Marcel au numéro que vous demandez, veuillez reconsulter la liste des abonnés !

Complètement dégrisé, je tapai le numéro des pompiers et celui des flics en même temps et attendis consterné qu'il se passe autre chose ou que l'homme revint à lui en disant : « C'était pour la caméra invisible, on vous a bien eu » et il me redonnerait un autre plat et on m'offrirait l'addition et le pressing en prime et trois cravates Gucci, en dédommagement !

Je n'avais rien avalé d'autre que du pain rassis et de la bibine qui ressemblait davantage à un Beaujolpif qu'à un Chablis, mais ma faim avait disparu, comme mon spleen d'ailleurs, bien trop heureux d'être vivant et de péter la santé.

J'attendis donc, comme les autres que les secours arrivent pour me tirer de ce coupe-jarret où les serveurs tombaient comme des mouches dans l'assiette des clients. Il me semblait que j'étais au théâtre sur une scène d'improvisation, car chacun y allait de son avis et son commentaire tandis que l'homme gisait par terre, toujours inconscient le visage maculé de sauce. On parla de crise cardiaque, d'accident vasculaire, et de je ne sais quel truc fatal, et j'aurais bien été en peine de donner un avis, tellement ma tête sonnait le vide.

Les pompiers furent les premiers à arriver et à constater que le pauvre gus n'avait plus de pouls. On le chargea manu militari sur un brancard direction l'ambulance et la patronne l'accompagna en pleurnichant. On nous demanda juste de bien vouloir évacuer le lieu tandis que les deux tourtereaux en profitaient pour avaler en quatrième vitesse leur crème brûlée.

Personne n'osa me présenter la note, je n'étais pas supposé payer ce que je n'avais pas consommé, et je considérais que le pinard servi ne valait pas le dixième du prix de ma chemise. J'en étais quitte pour la jeter aux ordures en rentrant, elle et ma jolie cravate.

Les gens filèrent sans demander leur reste, et les flics notèrent pourtant mes coordonnées pour témoigner.

Témoigner de quoi, pensais-je et le coq au vin qui était au premier plan, hein, ne devait-on pas l'interroger lui aussi ?

Jena

C'est en se crapahutant dans la forêt de Fontainebleau, un dimanche, que Jena eut la surprise de découvrir un crâne de cerf parfaitement propre, dont il ne restait que du bois duveteux, déjà entamé par quelque bête sauvage. Aussitôt, Jena enveloppa sa trouvaille dans la parka qu'elle venait d'enlever voulant profiter des pâles rayons d'un soleil hivernal.

Elle réintégra sa voiture et flanqua le crâne dans le coffre déjà bien trop rempli. Il y sommeillait un fatras d'objets hétéroclites. En regagnant son siège, elle réfléchit à ce qu'elle allait faire de ce nouveau trophée et une idée lumineuse lui vint. Elle allait l'accrocher dans ses toilettes. Comme elle le trouvait assez banal, elle pensa que ce serait marrant de le peindre en bleu canard, ce qui donnerait sûrement un air étrange à la chose. L'éclairage insuffisant de l'endroit ferait apparaître le rictus de ce drôle de butin, dans l'appartement parisien. Jena sourit à l'idée qu'il ficherait la trouille à ses invités de passage. Jena était une sacrée farceuse.

Cette réputation d'originale la poursuivait depuis l'enfance. Ses amis, sa famille, connaissait ses lubies. D'ailleurs, sur les murs de son duplex, il ne restait pas un pan qui ne fut libre. Des affiches de cirques aux couleurs vives, ornaient la pièce principale. Une collection de mannequins de coutures de taille différente paradaient recouverts d'oripeaux poussiéreux et Jena les changeait suivant l'humeur du jour ou des saisons. Une guirlande lumineuse entourait une télévision qui ne fonctionnait plus et sur laquelle trônait un sombrero démesuré dégoté dans une brocante. Un large fauteuil aux ressorts explosés servait de refuge à deux adorables chatons, trouvés agonisants dans le local poubelle de l'immeuble. En guise de rideaux, des filets de pêche en acrylique verdâtre avaient laissé longtemps des relents de poissons dans l'appartement. Les chats grimpaient sans vergogne sur ces cache-misère et l'un d'eux avait bien failli s'y retrouver étranglé.

Pour compléter l'atmosphère déjantée, une ancre de marine en plastique, grandeur nature, gisait contre un piano quart de queue rutilant qui finalement, occupait la majeure partie de l'espace.

Au sol, plusieurs couches de tapis s'accumulaient jusqu'à former des épaisseurs de plus de dix centimètres par endroits. Jena adorait marcher pieds nus sur ce trésor de tapis afghans, persans et kilims rapportés de voyages par son cher papa, saxophoniste de renommée mondiale, aujourd'hui décédé.

Une bibliothèque en métal rouillé soutenait une pléiade de bouquins, empilés en tous sens, et on ne savait par quel miracle, le tout tenait sans s'effondrer. Sur les bordures des fenêtres, Jena s'efforçait de faire pousser des chênes miniatures, des tomates cerise, et toutes sortes de graines utiles, menthe ciboulette, sauge et romarin et d'autres variétés encore. Elle aimait tenter de nouvelles expériences, dans un recoin d'un balcon encombré, on pouvait reconnaître un citronnier de près d'un mètre cinquante d'où pendaient mollement trois miteux citrons pourtant la fierté de Jena.

Depuis dix ans, Jena travaillait à domicile, surtout dans la cuisine, en fait c'était là qu'il y avait le plus de place. Elle étalait tout son fourbi sur une antique table de ferme échappée d'Emmaüs. La table et ses rallonges pouvait recevoir jusqu'à douze convives et Jena en avait bavé pour décaper les multiples couches de peintures accumulées par les anciens et différents propriétaires. Puis elle avait apporté sa touche personnelle avec du bleu turquoise, sa couleur préférée.

Sur cette table, elle dessinait, peignait, créait des aventures psychédéliques qui avaient pour héros des fruits et légumes imaginaires. Elle monnayait ses chroniques loufoques à un célèbre magasine de jardinage et avait entamé « l'histoire du jardinage » en bande dessinée.

Jena avait choisi la cuisine plutôt que le salon, parce la nourriture ne représentait pas pour elle, une priorité absolue. Elle se contentait de croquer ses héros, légumes et fruits divers qui lui servaient de modèles, et qu'elle accompagnait de céréales variées. Une vingtaine de boites différentes garnissaient ses placards. Elle ne buvait rien d'autre que du lait, jamais de sodas, ni vin, ni alcool, ne fumait plus depuis six mois au moins, mais supportait qu'on fumât chez elle si on en avait envie. Jena sortait peu de chez elle, elle préférait se cantonner à son antre et tenir compagnie à Candia et Danone ses amours de chats.

Quand le spleen la taraudait de trop près, elle quittait enfin son havre et visitait des jardineries. Elle s'aventu-rait jusqu'aux forêts les plus proches et s'immergeait totalement dans la nature. Jena se passionnait aussi pour des espèces oubliées et passait le reste de son temps libre, à traîner dans les allées des bibliothèques, au rayon horticulture, pour enrichir sa documentation personnelle. L'inspiration pouvait subvenir au détour d'un marché parisien qu'elle appréciait fort, bien qu'elle détestât la foule.

Ses amis, ceux du temps des Beaux-Arts s'étaient éparpillés à travers l'Europe. La tradition voulait que chaque année, ils se réunissent pour le 9 juin, date de l'anniversaire de Jena (benjamine du groupe). Ce jour-là, exceptionnellement, Jena se mettait aux fourneaux et cuisinait pour ses compagnons, des montagnes de beignets, des bugnes à la fleur d'oranger, des crêpes au sucre de canne et elle se faisait livrer des salades composées qui venaient d'un traiteur libanais. Fruits et glaces aux parfums exotiques complétaient le menu.

Chacun apportait un cadeau mystère, le jeu consistait alors pour Jena à en retrouver le donateur. Parmi les invités, Marc était devenu styliste à Francfort, Denise, restaurait des tableaux à Florence, Jean était illustrateur de livres pour enfants, Gabin et Judith, les jumeaux inséparables, spécialistes en ferronnerie d'art ne viendraient pas cette année. Marie, Pedro, et François expédiaient leurs œuvres personnelles, peintures, sculptures, dessins ou objets décoratifs. C'était une fête très réussie et Jena adorait le jour de son anniversaire, le jour des amis.

Jena était aussi dotée d'une mère et même d'une sœur jumelle qui n'avait pas voix au chapitre quant à la façon dont Jena gérait sa vie. Les sœurs conservaient un semblant de dialogue, parfois houleux et restaient à bonne distance.

Louise gardait une dent envers Jena, elle n'avait pas supporté que Jena hérite et s'approprie cet appartement au cœur du 13ème arrondissement, un appartement qu'elles auraient dû partager. Normalement ! Louise s'était sentie flouée et d'une certaine façon elle reprochait à sa sœur d'avoir été la préférée, la favorite de leur père ce qui évidemment était faux, mais il n'était plus là pour s'en défendre. Jena ne comprenait pas les reproches de sa sœur. D'ailleurs n'était-ce pas Louise en personne qui avait refusé la cohabitation après seulement deux semaines de vie commune ?

D'après Louise sa sœur était franchement asociale. Louise avait cédé non sans en faire tout un pataquès. Sa mère l'avait recueillie bien que Louise posséda elle aussi un bien, un grand studio à deux pas des Buttes-Chaumont. À vrai dire, si Louise en faisait toute une histoire, c'était que l'endroit en question ne lui plaisait pas, et elle le louait à des étudiants nippons qui étaient sensés être tatillons et plus propres que les autres. Depuis, elle vivotait comme intermittente du spectacle, bien qu'elle ait elle aussi, un sens artistique avéré et de réelles capacités pour devenir comédienne.

Ce logement bien situé, mais de taille modeste suffisait à Jena qui n'était pas du genre à se compliquer l'existence comme Louise. Elle pouvait y recevoir à l'aise sa tribu de copains et d'admirateurs. Les fenêtres du salon donnaient sur un jardinet et une courette encombrée de mobiliers divers. Tables, chaises de fer, écaillées, et même une armoire moisissaient et se gondolaient, en attente d'une hypothétique restauration. Des voisins et râleurs invétérés, menaçaient de jeter le tout à la déchetterie, mais ils ne le faisaient pas. Les soirs d'été, ces laissés pour compte servaient pour l'apéro en commun. Chacun apportait alors, quiche, pizza ou gâteau et l'on partageait des moments très appréciables un verre à la main, jusqu'à des heures indues. Tous entretenaient la courette, se relayaient pour arroser en saison chaude, semaient des fleurs vivaces, repiquaient des plantes vertes finalement trop encombrantes en pot, c'était devenu au fil du temps, un véritable Eden bien à l'abri de la mégapole.

Ainsi Jena se satisfaisait de sa vie et les soirs de déprime, il se trouvait toujours un Roberto ou un Gaétan prêts à la dorloter. Ils lui rappelaient qu'elle était une fille plutôt sexy, avec ses cheveux fauves et son joli minois constellé de taches de son. On disait qu'elle ressemblait à Marlène Jobert, elle s'en défendait, disant qu'elle ne pouvait ressembler qu'à elle-même. Les garçons, lassés des excentricités de Jena ne s'attardaient pas au-delà de trois ou quatre jours, dans cet antre baroque et les aventures des poireaux et courges ne les fascinaient pas tant que ça. Surtout que Jena avait la manie de tester ses nouveaux scénarios sur ces amoureux du moment, et ce après leurs ébats nocturnes. Elle allait jusqu'à mimer les aventures rocambolesques de Zip le radis noir ou de Touille le topinambour, puis caracolait dans l'appartement à moitié nue, laissant ses amants perplexes, quant à sa santé mentale. Pourtant personne ne pouvait en vouloir à Jena d'être ce qu'elle était, elle était si généreuse en tout.

De l'aube jusqu'au soir, Jena écoutait sa radio favorite 89.9 du jazz, du jazz et encore du jazz. Elle passait aussi des vieux CD de Goldman et venait de découvrir Keren Ann, dont elle chantait les chansons à tue-tête au grand désespoir de ses voisins qui en avaient pourtant entendu bien d'autre, du temps du paternel. Les jours de spleen total, et il y en avait forcément, Jena se réservait Barbara ou Nina Simone et sanglotait avec délices sur « Ne me quitte pas ».

Au réveil, elle avait tout oublié. Elle entreprenait le dépoussiérage du saxophone de son papa, l'astiquant minutieusement. Il était accroché juste au-dessus du piano, pour que les chattes ne soient pas tentées de s'y cacher et il avait là une place de choix. Avec le piano, c'était bien les seuls objets qui brillaient chez elle.

Jena n'avait pas hérité que de l'appartement de son père, elle possédait une oreille incomparable pour la musique, l'oreille absolue. Elle pouvait jouer n'importe quel morceau de mémoire, et vous tirait des larmes en interprétant « Somewhere » d'une voix rauque et douce.

Le 8 juin, veille de son trentième anniversaire, Jena se

décida à nettoyer enfin son home et surtout ses vitres devenues opaques. Elle installa le vieil escabeau brin-guebalant, enfonça les pieds dans l'épaisseur des tapis et entama le lessivage des carreaux. Harnachée de gants en caoutchouc bleutés et d'une tonne de journaux, elle com-mença l'opération « grand nettoyage de printemps ». Mais un médiocre ajustement d'un des pieds de l'esca-beau lui fut fatal et Jena s'envola littéralement par la fenêtre. Le dieu des jardiniers pourtant lui fut clément, car elle atterrit au beau milieu d'un massif d'hortensias d'un violacé étonnant, amortissant ainsi sa chute.

Les voisins attirés par ses cris, accoururent aussitôt. Ils appelèrent les secours sans tarder. On l'embarqua toutes sirènes hurlantes, vers l'hôpital le plus proche et elle s'en tira miraculeusement avec une jambe cassée, deux côtes fêlées et quelques ecchymoses. La joie qu'elle se faisait pour sa fête retomba comme un soufflé trop cuit.

La famille prévenue dut contacter chacun des invités prévus pour le lendemain. Quel anniversaire ! Elle craignait tant ce passage vers la trentaine, se retrouvait maintenant immobilisée, meurtrie et dans un état lamentable. Comment avait-elle pu en arriver là ? Jena se serait mis des gifles, tellement elle était furieuse. Mais elle était vivante, amochée, estropiée, mais vivante !

Les amis apportèrent les cadeaux à l'hôpital. Bientôt la chambre se retrouva encombrée de fleurs, de paquets, de gâteaux, bonbons et autres denrées et l'infirmière en chef se fâcha tout rouge. Elle enferma tout ce méli-mélo dans les placards. Jena reçut de sa mère et de Louise un bouquet de trente roses parme. Une vraie merveille !

Jena partageait la chambre d'une autre fille, d'une vingtaine d'années environ, que des collégiens, sales petits voyous plutôt, avaient poussé sans raison sur les voies du métro. Heureusement, on avait pu arrêter la rame à temps, et le trafic avait stoppé net. Mais la tête de la malheureuse jeune fille avait heurté lourdement le rail et elle avait perdu l'usage de la parole à cause du traumatisme.

Comme Jena s'interrogeait, l'infirmière lui raconta l'histoire, elle dit que la fille s'appelait Bertille et qu'elle était très choquée et qu'elle ne parlerait pas avant des semaines. Jena, elle aussi était choquée, d'autant plus qu'on laissait entrevoir l'urgence d'une opération et qu'elle n'avait jamais subi d'intervention de sa vie. Elle se sentit terriblement angoissée à cette idée.

Le frère de Bertille vint visiter sa jeune sœur. C'était un garçon brun, au teint mat et aux yeux d'un vert troublant. Ses cheveux étaient très noirs et brillants. Jena tomba aussitôt sous le charme de ces yeux-là. Malgré la douleur et une grande envie de dormir causée par les antalgiques, Jena raconta à Barnabé ce qu'elle avait appris au sujet de l'accident. Bertille semblait déconnectée du monde. Elle fixait les fenêtres d'un air absent, sa jolie tête enserrée dans un bandage en forme de turban, lui donnant un air de princesse orientale.

Barnabé avoua à Jena qu'il était orphelin et donc, le seul parent vivant susceptible de s'occuper de Bertille. Ensuite il parla de son métier qu'il adorait, il semblait ne plus pouvoir s'arrêter de parler, puisqu'il ne pouvait dialoguer avec Bertille dont il était le tuteur légal. Jena apprit donc, que Barnabé était horticulteur dans un petit village du Val d'Oise appelé Courdimanche. Jena le trouva de plus en plus craquant et finalement très beau. Au fil des jours, elle l'apprécia davantage et attendit avec impatience l'heure des visites.

La fracture de Jena s'avéra assez compliquée et malgré de fermes, mais inutiles protestations, elle dut être opérée. Elle resta quinze jours entiers à l'hôpital avec Bertille qui ne parlait toujours pas et qui semblait résolument dans un autre monde, elle souriait tout le temps, et c'en était exaspérant, ce sourire accroché à son visage mutique.

Mais Jena ne s'ennuyait pas. Barnabé, passait tous les jours, et tous les jours, ils discutaient des heures de leurs passions respectives. Bientôt la chambre ressembla à un vrai magasin de fleurs. Il y en avait partout, et une fois de plus l'infirmière en chef qui s'appelait Hortense, manifesta sa réprobation.

Barnabé qui savait comment s'y prendre pour l'amadouer et se faire pardonner, rapporta pour l'ensemble du personnel des bouquets d'œillets de poète aux tons délicats.

Huit jours passèrent encore et, Jena fut expédiée en rééducation dans une clinique de banlieue. Elle regretta amèrement les visites de ce cher Barnabé. Ils s'étaient longuement serrés la main et Barnabé avait écrit dans un petit carnet, l'adresse du centre et le numéro de téléphone de Jena. Il promit de venir l'encourager dans ses efforts, mais le temps passa et il ne vint pas.

Jena pensa qu'il s'était désintéressé de sa personne, elle en fut horriblement malheureuse. Elle se remit au travail et progressa dans sa rééducation. Entre deux séances de kiné, elle dédicaçait de petits dessins, à ses compagnons de galère les virtuoses de la béquille et du fauteuil roulant, un monde jusque là, inconnu d'elle.

Quand Jena regagna son logis, sa sœur Louise, dite Loulou se fit un devoir de tout nettoyer de fond en comble. Loulou fit de vraies courses, cuisina des mets substantiels pour la remise en forme de sa jumelle. Jena n'y trouva rien à redire et se laissa chouchouter avec bonheur. Chaque soir, elle pensait avec nostalgie à la main chaude de Barnabé et imaginait celle-ci se promenant lentement sur son corps nu. Elle en frissonnait de plaisir. Ces nuits-là Jena avait bien du mal à trouver le sommeil.

En attendant que ses os ne se ressoudent, la mère de Jena loua un chalet à Méribel. La famille au complet, les deux chattes y compris, tout le monde partit se retaper au grand air. Elles n'avaient pas pris de vacances ensemble depuis des lustres. Cette nouvelle cohabitation s'avéra complexe à gérer. Pour l'occasion Jena abandonna ses goûts végétariens et se laissa gaver comme une bonne grosse oie par sa mère et sa sœur qui cuisinaient toujours de délicieux petits plats. À ce rythme, elle prit rapidement cinq bons kilos et poussa un hurlement d'horreur en grimpant sur la balance de la pharmacie du village. Elle décida de se mettre au régime et les ennuis commencèrent.

On avait fait suivre le courrier, et n'ayant plus de nouvelles, ni de dessins de sa protégée, le commanditaire en chef du Journal, menaçait Jena de stopper leur collaboration. Il lui donnait quinze jours pour fournir le magazine, faute de quoi, on lui trouverait un remplaçant

Les vaches… beugla Jena, les vaches, après tout le mal que je me suis donné pour les sortir de l'anonymat, me faire ça, à moi, les vaches, continua-t-elle, outrée ! J'aurais pu mourir, il me fait ça, à moi, le salaud ! Elle en fut tellement indignée qu'elle resta dans un silence pesant une bonne partie de la journée.

Mais, ce ne fut pas tout. Lors de la dernière radiographie, on décela une anomalie ennuyeuse : les os de Jena ne se ressoudaient pas convenablement. Malgré les litres de lait qu'elle ingurgitait, c'était un comble. Pour pallier ce déficit en calcium, Jena dut s'armer de patience et endurer ces horribles piqûres qui la laissaient nauséeuse, lui donnaient des palpitations et la faisait trembler comme un parkinsonien.

Le moral en berne, Jena entendit le saxophone de son père résonner dans son chagrin, accentuant sa douleur. Elle laissa couler des larmes d'amertume, elle qui ne pleurait pour ainsi dire jamais. Depuis qu'il s'était envolé au paradis des Jazzmen, son père lui manquait cruellement. Elle n'aurait pu dire si Loulou souffrait aussi, Loulou n'affichait pas ses sentiments, ni en public, ni en privé, Loulou se contentait de jouer la comédie, de faire face et d'époustoufler des théâtres vides de son indicible talent. Jena en voulu à son père d'avoir raté l'anniversaire de ses filles, d'être parti avant leurs trente ans. Il ne viendrait plus les consoler du bout du monde, c'était fini. Jamais plus il ne viendrait composer rien que pour elles, ces musiques troublantes ou ces tendres ragtimes. Elle se sentit vieille, moche et extrêmement déprimée, puis elle laissa exploser sa rancœur, accusa mère et sœur de l'infantiliser.

Des disputes éclatèrent et se firent quotidiennes. Sa mère trouva cette fille ingrate, voire irresponsable elle menaça de la laisser tomber si elle continuait de les accabler de reproches. Loulou, excédée par la mauvaise humeur de sa jumelle, lui hurla qu'il lui manquait sûrement un mec dans sa vie pour s'occuper d'elle. Elle l'envoya se faire voir avec des mots châtiés du genre : frustrée, déjantée, mal-baisée, hallucinée qui atteignirent Jena en plein cœur. En état de profond abattement, Jena refusa dorénavant de s'alimenter. La dépression guettait.

Puis, dans un sursaut de fierté, elle bomba fièrement le torse et armée de ses deux béquilles, elle reprit le train pour Paris, plantant mère, sœur et chattes stupéfiées de tant d'égocentrisme.

Pétrie de remord, elle appela pourtant pour s'excuser de son comportement odieux, puis elle récupéra Danone et Candia qui lui manquaient tant. Mère et sœurs pleurèrent ensemble dans le téléphone et Jena jura de ne plus jamais se fâcher de la sorte avec les deux seuls êtres au monde qui tenaient vraiment à elle.

Jena se dit qu'il était temps de grandir, elle vida ses dernières bouteilles de lait dans l'évier, se promit de goûter d'autres saveurs et découvrit les vertus toniques du thé, des arômes fruités ou épicés dans quelque bar branché de la capitale. Elle ne voulait plus se morfondre au milieu de ses meubles et ne chantait plus ses airs favoris.

C'est au cours d'une de ces escapades, qu'elle tomba sur Barnabé, venu livrer des plantes. Il faillit même la renverser avec son diable. Cette fois-ci, Jena l'invita à prendre un thé et ils se donnèrent rendez-vous pour le week-end suivant. Barnabé lui fit visiter ses vergers et ses serres à Courdimanche. Il viendrait la chercher, puisqu'elle ne pouvait conduire, et que sa jambe la faisait encore souffrir.

La semaine parut interminable. En fredonnant des airs de Ray Charles dont elle venait d'apprendre la disparition soudaine, Jena vida ses armoires à la recherche d'une tenue de circonstance, peu exubérante. Elle affola son miroir de ses folles expériences et après des essayages interminables, finit par opter pour une tenue un rien chic mais pas trop.

Candia et Danone assistaient au grand déballage et elles disparurent noyées sous une tonne de vêtements rejetés. Jena réussit, après des contorsions dignes d'une danseuse du ventre, à enfiler un jean moulant et un bustier bleu ciel assorti à la couleur de ses yeux. Pour une fois, elle se sentit sublime, oublia sa jambe amochée. Elle ne devait pas laisser filer ce Barnabé, qui lui plaisait tant et auquel elle pensait jour et nuit depuis ce fameux anniversaire.

En y réfléchissant bien, elle se dit que ce hasard, n'en n'était pas franchement un et que la chance ne se représenterait pas deux fois. Jena qui n'était pas une grande séductrice, décida de se fier à son instinct.

Après une première journée fort intéressante et des plus prometteuse, Barnabé raccompagna la demoiselle à Paris. Dans l'entrebâillement de la porte, elle lui confia à l'oreille entre deux baisers.

– En fait, mon vrai prénom, c'est Jeanne, Jena c'est seulement mon pseudo, pour le boulot.

Il lui répondit qu'en arabe, Jena signifiait « Le paradis » et il éclata d'un rire sonore, et faillit s'étouffer :

– Bienvenue au club, lui souffla Barnabé, mon vrai nom à moi, c'est Bernard ! Qui que tu sois, miss paradis, je t'adore et je veux vivre avec toi, tout de suite et ne plus te quitter, ni ce soir, ni jamais. Il entra, la tenant enlacée et ils roulèrent sur les tapis consentants, au milieu des chattes éberluées qui décampèrent pour se réfugier sous leur fauteuil déglingué.

Table des matières